JN335836

東京医学専門学校時代の山田風太郎

昭和41年（1966）3月、多摩市桜ケ丘に新築した自宅を、庭側から写生したもの。昭和41年ごろ描いたと思われる。

昭和38年（1963）、土屋隆夫の紹介で信州蓼科《たてしな》に山荘（風山房）を建てる。山荘から写生した蓼科の山々の絵は、今も風山房に飾られている。

解剖の実験中に、級友の後姿を風太郎が描いたもの。つむじや椅子の木目まで細かく描かれているが、肝心の実験はどうだったのだろうか…？

上のローマ字は夫人と子どもたちの名前…ケイコ、カオリ、トモキ、自分の本名セイヤ。

豪邸を建てた土地のタマ、サクラガオカもある。全部筆記体で書かれている。

右下にある「Cherry」という単語。これは、当時風太郎が愛煙していた煙草の銘柄である。

煙草の他には、卓上電話、爪きり、灰皿など、机上にあったものが描かれているようだ。

アイディア出しをしているのか、それとも締切が迫って現実逃避をしているのか…

執筆の合間に描いたものなのだろう。風太郎の素顔が垣間見えるようだ。

1948 年に描かれたスケッチ。Seiya Yamada のサインが見える。

山田風太郎新発見作品集

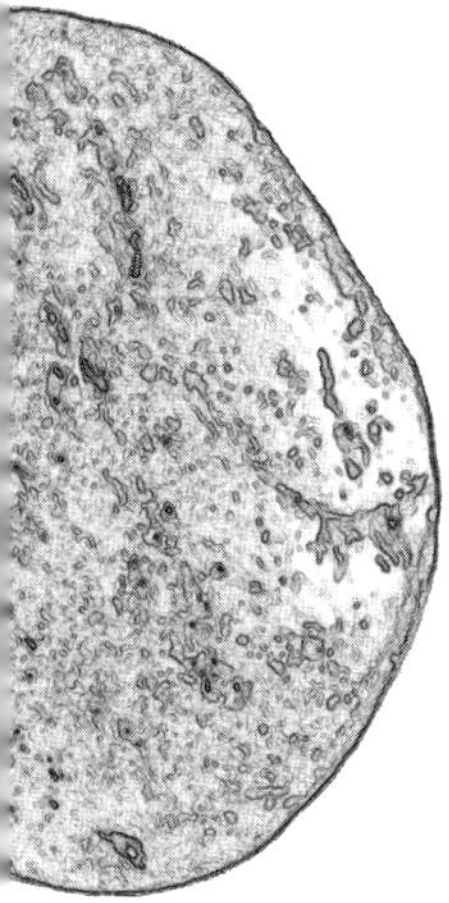

山田風太郎
有本倶子編

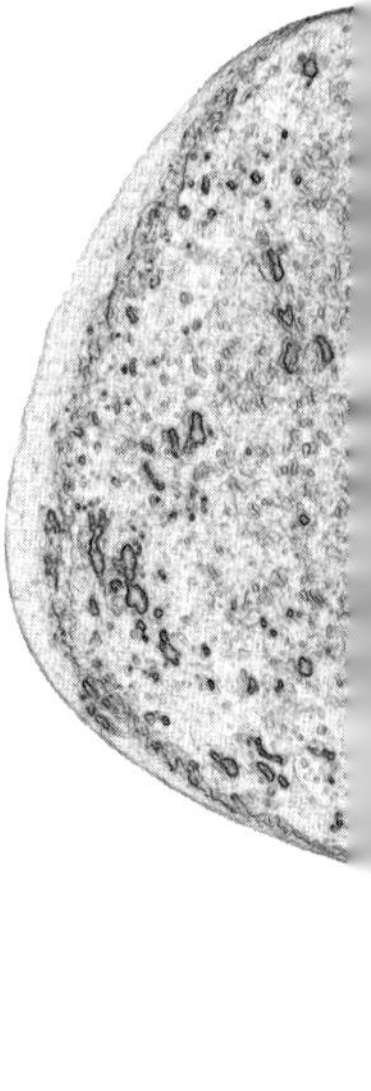

出版芸術社

新発見の経緯

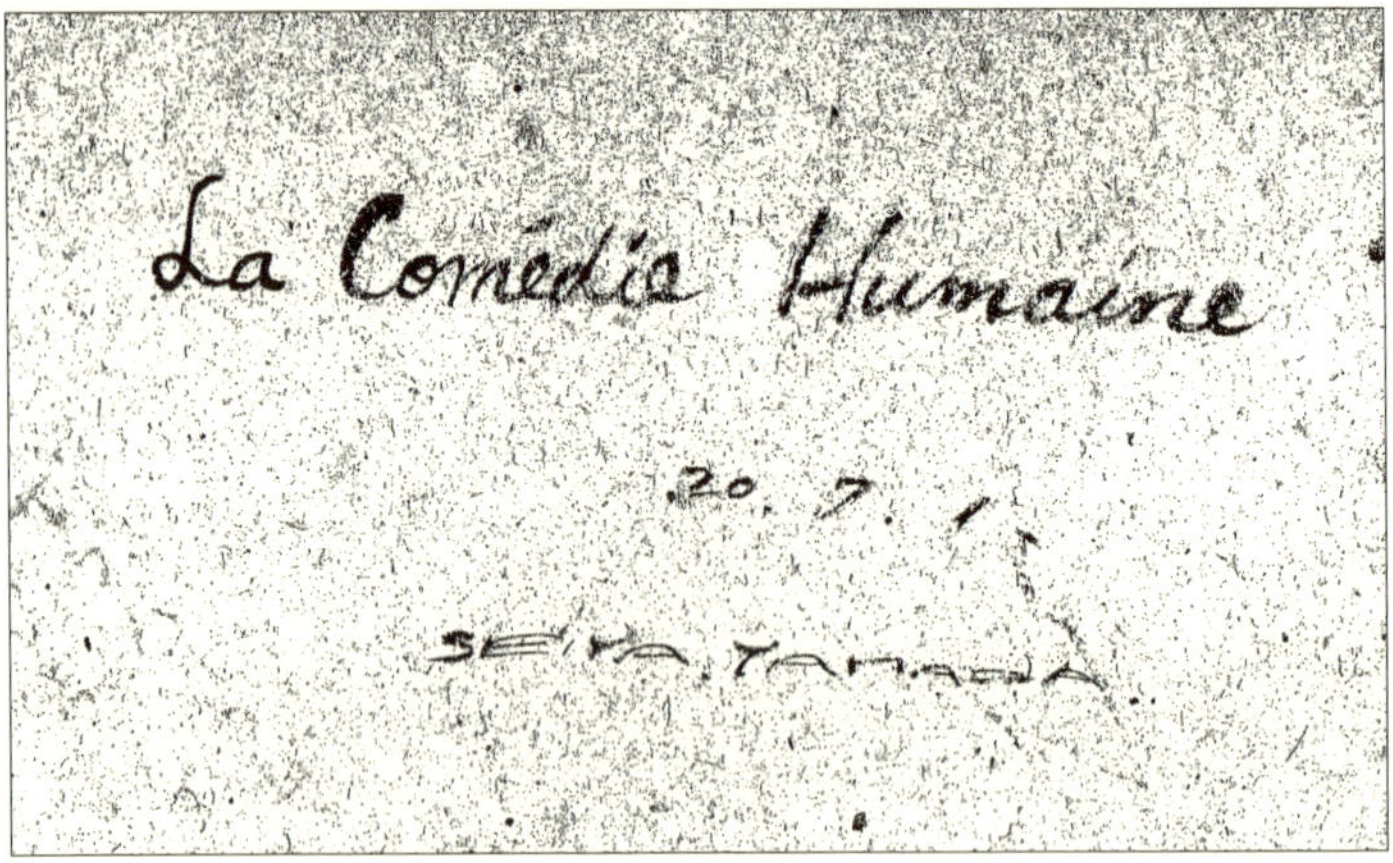

古ぼけた大学ノートに、フランス語でLa Comédie Humaine（日本語で人間喜劇）

小さく、20・7・1.

そして、英語で、SEIYA. YAMADA.

上の写真は、昭和二十年七月一日に山田誠也が書いたノートの表紙である。

私は、風太郎さんの生前「山田風太郎記念館」を建設してもらう為、関宮の公民館で、「風太郎展」を開催した。その折に啓子夫人より資料を多くお借りして、展示会を開いたが、それらの資料の中にこの古びたノートもはいっており、気にはなったが、当時は記念館を作ってもらう運動に集中していたため、コピーだけして夫人にお返しした。風太郎の没後、世田谷文学館に膨大な日記類とともに委託されたと聞く。したがって、このノートそのものは、現在世田谷文学館にある。

「山田風太郎記念館」が開館して十年目である今年、風太郎さんの従兄弟にあたる飯田輝之氏より多額のご寄付をいただき、念願の資料保管庫・多目的室が出来上がった。資料を移している折に、埋もれていたこの古いノートのコピーを発見したのである。今度はじっくりと読んで驚かされた。後に残した多くの作品に劣らぬ傑作ばかりだったからである。

内容は　その一　「乳房」　十一ページ
　　　　その二　「紫陽花の君」　二十ページ
　　　　その三　「早春の追憶」　中止　十ページ
　　　　その四　「雪女」　二十一ページ

以上四作品が、ノート一冊にぎっしりと鉛筆で書かれている。

この時、風太郎は東京医学専門学校（現・東京医科大学）の二年生、二十三歳の青年であった。日本はこの頃敗戦にまっしぐらに突き進み、東京は焼け野原、学校も爆撃を受け、信州へ学校疎開の已む無きに至った。疎開先の飯田で終戦を迎え、この年の十月、東京へ帰ってはきたが、すさまじい食糧難、生活苦が待っていた。学生の風太郎が食料を得るためには、懸賞小説に応募して懸賞金をかせぐしかなかった。そこで、昭和二十一年、探偵小説専門誌「宝石」に「達磨峠の事件」と「雪女」を応募した。そのうち「達磨峠の事件」が見事入選し、医学生三年生の若き作家風太郎が誕生したのである。

そのきっかけとなった、習作四編をこの度一冊にまとめてみました。まとめている最中に、はからずも昨年（平成二十四年）の十二月、風太郎邸にて、奥様より「こんなものが出てきましたのよ。ぼろぼろですが、いりますか？」と見せて下さったものがあります。ここに収録しました、作家となってからの初期作品「話せる奴」と「日本国合衆国」の二編です。書かれた年代はわかりませんが、「山田風太郎」と印刷された原稿用紙を使っていますので、おそらく戦後初の探偵作家として頭角を現わし、評判をとっていた頃の作品ではないかと思います。

いずれも未発表のままにしておくのは余りにも惜しい作品ですから、未完成の「日本国合衆国」も、風太郎の一面を示す興味深い習作として収録しました。

ノートの四作品は、全部旧仮名遣いで書かれていましたが、現代の若者には読みづらいと思い、現代仮名遣いに変えて書きました。また、現代の感覚からすれば、不適切と思われる表現が多々ありましたが、これらは書かれた当時の時代背景を思い原文のままとしています。

有本倶子《ありもとともこ》

目次

装　幀——護所野俊典

乳房

この間一寸調べたい事があって、寺田寅彦全集を見ていたら、その第五巻にこういう言葉が載っていた。「――『庭の植え込みの中などで、しゃがんで草をむしっていると、不思議な性的の衝動を感ずることがある』と一人が言う。『そう言えば、私は独りで荒磯の岩陰などにいて、潮の香を嗅いでいる時に、やはりそういう気のすることがあるようだ』ともう一人が言った。この対話を聞いた時に、私は何だか非常に恐ろしい事実に逢着したような気がした。自然界と人間との間には、未だわれわれの夢にも知らないようなものが、いくらでもあるのではないか」

僕はこれを読んだ時、ふと矢島笙子《しょうこ》さんの話を思い出した。この寅彦の言葉は、じっと考えていると実に戦慄を禁じ得ない深い意味が籠もっている。矢島さんの話はそれ程でないかも知れないが、少なくともFreud（フロイド）の材料にはなりそうな価値があるのである。

最近僕は所謂《いわゆる》小説の構成とか伏線とかいうものに嫌悪の念を抱き始めているから、単刀直人に主題たるべき或る情景を描いてその後から、その情景が僕の心胸に感動を与えた所為を遡《さかのぼ》って説明してもよいのであるが、今はやはり順序として一昨年の秋の午後のことから書いて行くことにする。

何でも医学校の中庭の金木犀《きんもくせい》が真っ盛りの晴れた暖かい午後だったと思う。十月であったか、十一月であったか、迂闊な僕はこの樹が秋のどの時期に全盛を極めるのか、今一寸記憶が確かでないのである。唯、碧い高い空にこの黄金色の細かい花が盛り上がって、じっと輝いているのをそのむせるような香りからふと見上げて通り過ぎた事を憶えている。白い澄んだ光の満ちた中庭から中庭へ、僕は放心したような顔つきで歩いて行った。放心というのは文字通り放心で、別に何も考えていたのではなかったらしい。そういう顔つきで歩いているのは僕の癖で、これを友人は「飄々《ひょうひょう》」という形容でひやかすのである。

図書館と生理学教室とをつなぐ、青い生垣の内を歩いている僕の瞳の端にちらりと一人の学生の影が映った。それは生垣の裾に、もたれるように膝を抱えて蹲《うずくま》っているのである。併し僕は放心状態に在るのだから、ああ誰かいるなと思っただけで、そのまま「飄々」とその前を通り過ぎようとした。すると、この学生が突然ぴょこんと起き上がったので僕は驚いて足を止めた。ところが、この学生も、丁度夢を醒まされたように狼狽した顔つきで僕を見詰めている。その顔を見て僕は小さく叫んだ。

「何だ、松岡か、何をしているんだ」

松岡は愈々《いよいよ》あわてたように唇に手をあてた。そして、どぎまぎと後を振り向いていたが、急ににやりと笑って、いきなり僕の手を掴み、足音を忍ばせながら而《しか》も早足で、ぐんぐん引っ張り出した。僕は呆気に取られたまま、それでも二、三度不思議そうに振り返って見た。併し青い絨毯《じゅうたん》を垂れたような生垣と、その向こうの五、六本の赤松が森閑と秋の日に光っているだけであった。

五十メートルも離れた講堂の蔭に行くと、松岡はやっと手を放した。

「おい、君はあの生垣の向こうに誰がいたか知っていたか」というのである。

「知るものかい、——誰かいたのかね」

「うむ。真田《さなだ》さんがいた」

「ふん」といったが、僕はまだけげんな顔で松岡を見ている。

「それから矢島さんがいた」

僕は一寸眼を丸くしたが、一層怪訝に耐えなくなった。

「君は、真田さんと矢島さんが何をしていたか知っているか」

「こいつ、いい加減にしろ、そんな事分かる筈がないじゃあないか」

松岡は亦《また》にやりと笑った。併し、まだ少年のような円らな眼は妙に生き生きと輝き、桜色の頬は微かに汗ばんでいるのである。

「真田さんはね、矢島さんにプロポーズしていたんだよ」

僕は一寸愕然として松岡を見つめた。暫くして僕は笑った。

「ふうん、どうも油断ならない奴だなあ」

「実際だよ、真田さん普段あんなに澄ましていて、中々隅《すみ》には置けない」

「真田さんじゃないよ。君だよ変なところに陣取って変なことを聞いていやぁがる」

「これは俺の名誉にかけて言う」と松岡は腕を組んだが、顔は一層嬉しそうになった。

「俺があそこを占有したのは悲劇の始まる三十五分前だ。俺はあそこでこのポアンカレエを読んでいたのだ」

僕は彼のぶら下げている岩波本に眼もくれず、大きな声で聞き返した。

「悲劇だって?」

「I am sorry, but it is true――所謂肘鉄だね」

「はてな、どうしてだろう?」

「佐衛門尉幸村殿、新しい缶詰菌で、博士論文を提出したことまでも攻撃材料に使ったっけが、駄目だったよ」

真田医学士は、細菌学教室で四方教授の助手として、働いている。歳はまだ三十を幾つも越してはいまい。どういう訳か、いつも酒を呑んだように鼻が赤い。これは所謂白皙《はくせき》長身なだけに一層目に立つのであるが、単に赤いだけなのだから病的現象でも何でもない。あとはその頭脳といい性格といい将来といい、僕が仲人となっても決して何ら良心の痛痒を感ずることはあるまいと思う人である。

「俺個人としては矢島さんは真田さんには勿体なさすぎると思う。しかしだね。公平に見れば、例えこの結婚難時代という現象を慮外に置いても、真田さんは矢島さんにとって決して不足な人ではあるまい。どうしてだろうね」

「矢島さんには恋人があったんだとさ」

松岡は笑いを消している。眼の光が沈んでその代わり顔全体に一種感動した表情が浮かんでいるのである。

「あったのか。今はないのか」

「あった。而して未だあるのだ。——おい、からかっているのではない。矢島さんの恋人はねえ、俺らの先輩で、やっぱり四方先生の秘蔵弟子だったのだそうだ。支那事変が勃発した年に軍医として召集された。それ以来肉体を持った矢島さんの恋人は過去の人となった。併し魂は尚あそこに在って矢島さんと通じている」

といって松岡は指を蒼い天に向けた。

「戦死したのか」

「と矢島さんは言った。矢島さんが歎《なげ》いたのは無論だ。悲しんで矢島さんは、四方先生の許に走って来た。まあ地球を失った月が、太陽めがけて吸い寄せられたようなものだね。恋人の仕残したアルバイトは四方教授の手で完成した。それを手伝っている中に矢島さんは科学者の生活の中に何ともいえない深い生甲斐《いきがい》を見出したというのだね。勿論矢島さんが研究するのじゃない。日々の研究の糞の掃除をするのだ。どうしてもやらなくてはならぬ事で、しかも研究者自ら手を触れるには時と労力が勿体ないような事を女の手で始末するのだ。それは自分のヴァジンと、そして生涯を捧げても悔いない尊い仕事に思われると矢島さんは言う。死んだ人も決してそれを咎めまい、自分には今のところ結婚なんぞの意志の準備が全然ないと矢島さんは言う」

おかしい事に松岡の声はうるんでいるのである。僕の唇を微笑が掠めた。

「笑うのかい君は。なるほど成程些《いささ》かセンチメンタルだよ。併しそれは君が矢島さんの声を聞かないからだ。あの低い信念に満ちた、切々たる声を聞かないからだ。俺は真田さんがどういう顔をしたか知らぬ、況やどういう心持がしたかは想像の仕様もない。併し真田さんは、それで沈黙したよ」

「俺が笑ったのは矢島さんの事じゃない」といって、僕は地上に眼を落としたままぶらぶら歩き出した。流石に、何かいい小説でも読んだような快い感動が胸の底に静かに揺れているのである。

矢島笙子さんは学校の細菌学教室に勤めている。正直にいって僕は、入学してこの人を見て、初めて女性美というものの新しい一形態を知った。この人は白粉というものを全然使わない。況して紅をやである。勿論学校には少なからぬ若い女の人も勤めている。そうして場所柄だけに女給然と塗りこくったようなのは一人も居ない。併し、流石に女の身だしなみとして通りすがりに仄かな香りをたてる位は薄く刷いているのである。時に全くかかる技巧を加えない人もある。けれどこれは、髪さえ短ければ性の区別も判じ難い獰《どう》猛《もう》なる御面相の連中なのである。この中で、矢島さんのように洗ったような皮膚をして、硝子のような光を発している人は珍しい。髪も無造作につかねている。衣服も地味な黒っぽい洋服である。それでいて全身からは、しらじらとした、透明な美しさがかがやき出している。その異様な美しさに初め一寸顔見合わせて悦に入った僕たちも、長い間には少し反感に近い感情を抱くことさえ縷々《るる》あった。

「お高くとまってやあがる」

「美貌を鼻っ先にぶら下げているのだね」

こういう囁きが時に洩れる。併し矢島さんが容色を余り心にかけていない事はその無造作な服装を見れば分かる。必ずしもお高くとまっていない事は、どんな汚い後始末でも少しも躊躇《ちゅうちょ》せずやって行くことから明らかである。要するに僕たち学生を眼中に置いていないのである。併し矢島さんはどう見ても二十五歳をまだ過ぎてはいまい。僕たちは二十二、三歳である。如何に神聖森厳なる教室といえども、長い接触の間には、例え淡くともセックスの観念が矢島さんと周囲の僕たちとの間に風のように流れて消える幾瞬間があっても然るべきである。それを矢島さんは全然感じさせない。僕たちの心には次第に畏敬の念が萌し始めた。

併し時にはこういうこともあった。染色か培養か何の実習の時であったか忘れたが、先ず模範のためにやった真田さんの実習が、ちょいとした操作の手抜かりが患いして、どうしても予期の結果を生じなかった事がある。皆笑った。真田さんが頭を掻いて閉口すると愈々《いよいよ》げらげらとわらった。その時、実習台の傍に侍立していた矢島さんが、きっと顔を振り上げて「お静かになさい！」と叱った。その声、その顔、その態度が余り思いがけず厳然としていたので皆は急にしんとなってその方を一斉にみつめた。併し百人近い若者の注視を浴びて矢島さんは、頬に血の色も動かさず冷然としたものであった。

女は愛らしいもの、弱いもの、内気なものと、極く大ざっぱな観念を胸深く下して疑わなかった僕は驚きの眼を見張ることを止めると、矢島さんに怒りを覚えた。憎悪に近い感情さえ胸に小波を立てた。神がイヴへ下した「爾《なんじ》は爾が夫の意志に従うべく、彼は爾の上に立ちて治めん」という宣告は、案外勘定高いアダムの耳へ刻みつけられて、僕たち男性へ執念深く遺伝されているとみえる。

併し松岡の話を聞いてから、僕の矢島さんに対する印象は少し改まった。そういえば時に洩らす微笑も白く、目差しも白い。「レ・ミゼラブル」の中の童貞尼のようなところがある。ふと遥かな蒼空に投げる瞳は、霞んでいるような、澄んでいるような不思議な光を放っている。矢島さんにとっては、この医学校は修道院なのであろう、そう思って僕は矢島さんを殆ど神聖化して眺めていた。

すると、昨年の四月の末のことである。

夜九時近く、僕は御茶ノ水の知人を訪ねた帰りの身を新宿行きの電車に投じた。

靖国神社は丁度臨時大祭で篝火《かがりび》に満開の桜が映えてまだ無数の人々が黒い波のように往来していた。脱帽したまま、電車の窓から眺めていた僕は、神社の端がきれた時、頭をもとに戻して、ふと前の吊革にぶら下がっている矢島さんを見出した。僕は反射的に起って目礼した。矢島さんは「あら」といって一寸僕の顔を見たが、直ぐ冷然とそのあとに腰をかけた。

いつも洋服だが、今日は着物を着ている。喪服のように黒い着物である。ははあ、靖国神社へ参拝に行っていたのだな、と僕は直ちに了解した。一体僕は喪服を着た女の人が好きである。そういう場合の常として、憂愁に沈んだ白い女の頬が黒い喪服から浮かび上がっているのは、もの哀しく、慎ましく、実に哀艶な感じがするからである。まして透き通るように頬の白い矢島さんの姿は、玲瓏《れいろう》として少し人間離れがしているほど美しく見えた。

「ああいう写真はもう無いかねぇ」

「写真はないが絵ならあらぁ、絵には絵としてまたいいところがあるものだぜ」

「外人の写真は露骨過ぎて却って感じが出ないなあ」

「ところが本となると、日本は駄目だねえ。千遍一律で飽いてしまうよ」

そして何か囁く声がしたかと思うと、桶でもひっくり返したように笑う声が電車の内に響いた。Obscene Picture の話をしているらしい。神保町で乗り込んできた二人の会社員風の男である。一方の達磨のように丸まっちい男の身体からは微かに熟柿臭い匂いがしている。それにしても二人とも四十面をして盛んに卑猥な話を交わして周囲の人々を笑わせているのである。

矢島さんは軽く睫毛を閉じて揺られていた。

電車が一口坂に停まって、動き出した。矢島さんは瞳を開いた。その前に赤ん坊を抱いた三十余りの豚のように肥った長屋風の女がよろめいていた。赤ん坊を抱いているために吊革に手が伸ばせぬのである。

「おあずかりしましょうか」

と、矢島さんはふと声をかけて赤ん坊を膝に受け取った。赤ん坊は母親に似合わぬ可愛い顔をしている。泣き出しそうな顔で母の方に頸をねじ向けたり、周囲を見回したりしていたが、やがてまじまじと矢島さんを仰ぎ出した。

医学を学んでも本能というものは飽くまで神秘の霧に煙っている。それは人間の魂と行動とを、それが泥沼をさまよおうと蒼空を翔けようと、空気のように包んでいるのである。僕たちが理智といい理性と称するものさえも、時に純然たる本能の変形にすぎぬことに気づいて愕然とすることがある。併し最も単純で、単純なだけに、重大な凄味のある本能は、その第一発現ともいうべき乳房を吸う動作であろう。人間のみには限らない。眼も開かないわた屑《くず》のような猫の子が、四匹も五匹も母猫の腹にかじりついて離れないのを見て、僕は暫く微笑が唇に凍りつくような感じのした記憶がある。

この恐るべき本能の発現をこの赤ん坊が試み始めたのである。電車が市ヶ谷を過ぎて間もない頃であった。

赤ん坊を軽く抱いたまま、尚靖国神社の篝火を夢見るような眼つきをしていた矢島さんは、ふと衿もとを引きあけられるのを感じてはっとした様子であった。襟に可愛い拳がかかっているのを見て、その額にちらりと翳りが走ったが、微笑も浮かんだ。赤ん坊はぐいぐい着物を引っ張っている。矢島さんは微笑したまま困惑の表情になって襟を押さえるついでに手巾を取り出して小さな拳に与えた。拳は手巾を三十秒握っていただけで、これを取り落としてしまった。そしてまた胸もとをこじ開けようとするのである。母親が気づいて「これこれ」とか何とか叱った。「いいえよろしうございますわ」といいながら矢島さんは腕時計を外して赤ん坊に与えた。これは矢島さんにも似合わぬ——いや、矢島さんらしい滑稽な振る舞いであった。野性に時計は余りに高踏過ぎるのである。野性は怒った。嬰児の怒りは泣き顔となって表現される。赤ん坊は泣き顔を造ったまま、腕時計を押しのけ、襟を掴んでぐいっとひき開けてしまった。

僕は初めて見た。矢島さんの両頬に曙《あけぼの》のように血潮が射したのを、そうして矢島さんの左胸に真っ白な乳房が一つ椀を伏せたように盛り上がっているのを。

矢島さんは顔を伏せじっと眼をつむってしまった様子である。赤ん坊は急におとなしくなって胸で唇の音を立てている。乳は勿論出る筈がない。併し赤ん坊は満足気に時々くびれた丸い拳で乳房を掴んで搾っている。

僕の錯覚かも知れないが、その瞬間車中の騒音がはたと止んだような気がした。いや電車の車輪さえもその響きを遠く消したように感じられた。唯見るのは愛くるしい嬰児に輝く珠玉のような乳房を与えて眼を閉じている白い処女の姿である。この光景を、何ら或る宗教画に結びつける意識なくして、僕はその嬰児と処女の頭上に黄金色の円光を認めた。僕ばかりではない、先刻の卑しい酔漢も茫然として眺めている、しかもその顔には薄笑いの代わりに次第に真面目な敬虔な表情が満ちわたってゆくではないか。

矢島さんはうっとりと眼を見開いた。そうして自分の乳房に吸い付いているさくらんぼのような柔かい小さな唇を見た。それから開いた瞳をじっと宙に投げた。その大きな深い瞳の奥に篝火のような光が点ぜられた。その光が瞳全体を輝かして来るにつれて、血の色を戻した美しい唇には次第に暖かな微笑がのぼって来るのである。それは矢島さんとは思われない、息づまるほどあでやかな女の笑顔であった。

その六月に矢島さんは真田さんと結婚した。

狐につつまれたような顔をしたのは勿論松岡である。前年の秋に彼が聞いた一幕とこの事実との間に何があったか彼は知らぬからである。僕と雖《いえど》もそれは知らない。知っているのはご当人達の他は神様くらいなものであろう。

併し僕は是非その間に晩春車中のあの一景を投げ込みたい。それでなくては僕としての小説が成り立たぬからである。併し、初めに寅彦の文を引用したり、Freud を持ち出したりしたのを、矢島さんが読んだら怒るだろう。

幸いに今真田夫人は、夫君たる博士と共に満州に住んでいられる。

（二十・七・十四）

紫陽花《あじさい》の君

一

その日は朝から小雨がふって、肌をぬらすように町は寒く、路のぬかるみの上には物憂い霧がたちこめていた。病気にならない前の母の喪服は、まだ私には大きかった。ときどき弱弱しい風のふくたびに、蛇の目をかしげた手首や、その少し丈の余りがちな袖口に冷たく散りかかる雨しずくも、そう私には気にならなかった。私は白い雨煙の中に、じっと眼をすえ、一心に戦死した克彦兄さんのことを考えながら歩いていった。

本家のお寺の山門みたいな門をくぐると、すぐその蔭にひっそり伯母様が佇んでいらしたので、私はびっくりした。

「おや、恵子さん？　――どうもご苦労さま」

「はあ――あの、母が今日御参りに上がれませんことを、ほんとに心苦しがっておりました。……」

と私はどぎまぎしながら挨拶した。

「いいえ、そんなことは……。恵子さん、その喪服お母さまの？

――そうよく映えること。あんなに肥えたお母さまが着てらしたんだから、恵子さんも大きくなったことねえ。……」

「いいえ少し大きいんですの」

と私はあかくなって、眼のやりばに困った。ついこの春まで女学校の制服を着ていた私には、喪服など今日がはじめてだったのだ。それでも、伯母様が、予期以上に落ち着いていらっしゃるのがうれしくて、私は淡く微笑んで顔をあげた。けれども薄白い伯母様の笑顔は、それゆえに、一層染み入るような哀感を湛えていた。

「どうぞ、奥へいらして。藤崎の叔母様もおいでになっていますよ」

私はふらふらと石畳を歩き出しながら、ふと不思議に思った。(伯母様は、あんなところに立って何をしていらっしゃるのだろう) 私は振り返った。雨は粛々とふり、門の傍の金木犀《きんもくせい》はしきりに散っている。その下に、伯母様は影のように、また石のように身動きもせず、じっと往来を見つめていらした。(誰かを待っていらっしゃるにちがいない)

しかし、それにしても何だか変に思われた。(一体誰がくるのだろう？)

玄関を入ると、もう香のかおりがした。葬式のはじまるのは午後三時からなので履物の数はまだそう多くなかったが、家の中にはさすがに忙しげに行き違う足音が聞こえた。三日に一度は遊びに来る「御祖父様の家」を私は別人のようにおずおずと奥の間へ通った。

私はお仏壇にお辞儀してから、お祖父様や叔父様や、河江の叔母様や、その他の人びとに挨拶して一番隅にそっと座った。紫の袈裟をつけた白い髯の多聞寺様は正面の上座でしずかに茶をすすっていらしたし、見知らぬ軍人さん達も二・三人きちんと膝を揃えていらした。正面のきらめかしい花輪に埋れた真っ白な祭壇には陸軍中尉の軍服をつけ、軍刀を片手についた克彦兄さんの写真が、蒼い香煙にかなしく霞んでいる。じっとそれを見つめていると、いつの間にか胸があえぎはじめて、こらえきれない涙が眼に溢れてきた。私はうつむいて、死に物狂いに手巾をくわえた。

「恵子、恵子」

と、伯父様がしきりに咳払いしてお呼びになった。

「伯母様はまだ門のところにいたかい？」

「え」と私は息づまるようにうなづいて、尚手巾《ハンカチ》を噛みつづけた。

「そうそう、お姉さまは、一体何をしていらっしゃいますの？」

と藤崎の叔母さまがいぶかしそうに小首を傾けて伯父様の方を見られた。けれど、伯父様はただうっすらと微笑されただけだった。

そのとき町長さんがおいでになったのを機会に、私は倒れるように仏間を逃れ出て、廻り縁を小走りに西の間へ駆け込むと、崩れるように経机に伏して、肩をもんで泣き入った。無性な悲しみのなかに突然襲ってきたものは、自分の将来に、なぜか真っ暗な穴が開いた、そういう感じだった。それを、今の今まで自分は気が付かなかった!

それが何ゆえか、今でもわからない。私の知っている克彦さんはあんないかめしい顔をした陸軍中尉ではなかった。茶目助ののんき坊主の大学生だった。そして私も、――こんな喪服などを着た私を、克彦兄さんは知らなかったろう。私はお転婆の、歌ばかりうたっている女学生だったのだから。……それが、……それが……私は誰にとも知れぬわけのわからない恨めしさに身をふるわせて泣きむせんだ。

「奥様、東京の奥様はいらっしゃいませんか?」

と遠い台所のあたりで婆やの声が呼んでいる。私はぼんやりと眼をあげて部屋のなかを見回した。

この部屋は今東京で大学教授をしている伯父や、私の母や、河江の叔母様が、ずっとむかし机をならべて暮らした部屋だそうな。そして東京で生まれ、東京で育った克彦兄さんが、学生時代の休暇ごとにやってきて、いつも陣取った部屋だった。ときどき一緒にいらした伯母様から私が和歌を教わったのもこの部屋だった。一生懸命苦吟している私を、煙草を吹かし吹かし、「歌や、歌や、汝が心はかなしけれど、鼻の低きはいかにとやせん」と笑っている克彦兄さんは憎らしかったけれど、――私は思い出した、兄さんが一度病気の静養に来ていた或る年の初夏に、子供らしいかくれんぼをして、息づまるような、ライラックの花陰で捕まえられたとき「吾はもや恵み子得たり皆人の得がてにすてう恵み子得たり！」と叫んで、高い碧空まで鳴り返りそうな哄笑をあげた克彦兄さんの白い歯並びを。……

　この葬式で兄さんの遺骨を、このふるさとの墓所へ埋ずめられると伯父様や伯母様は、やがてすぐにまた東京へお帰りになる。そうだ、私は、――私こそは死ぬまでもここに住み暮らして、兄さんの墓標を守ろう。冷たい石を永遠にうつくしい花で覆おう。……

　私が宙をぼんやり見詰めてこんなことを考えていると、静かな足音がして、さっき門に佇《たたず》んでいた伯母様が入って来られた。手に紫の袱紗《ふくさ》包みを持っていらっしゃる。

「恵子さん、私あなたに一寸お頼みしたい事があるのですけれど。……」

狼狽して身づくろいしている私には眼もくれず、伯母様は袱紗をときながら、いきなりこうお言いだしになった。

「私、門のところにいると、すぐ呼びたてられて。……恵子さんにすみませんが、この人を待っていていただきたいんです」

伯母様は一枚の小さな写真を差し出された。私は髪に手をあてたまま、視線をおとした。

――それは若い女のひとの写真だった。

「――このひとは?」と私は顔をあげた。

「克彦のお嫁さんです」言下に、こういう返事が聞こえた。

私はなぜか全身の血がどきんとひとつ波をうったような感じがした。そして、そのまま硬直したようにじっと伯母様の顔を見詰めていた。伯母様は微笑まれた。

「恵子さんはご存知ないでしょう。実は私でさえ、ついこの間、――あれが、戦死したとわかってから二、三日後に知ったのです。――あれの書斎を整理していたら、机のなかから出てきたので……」

と伯母様は早口に言いながら、尚袱紗を開いて一通の手紙を取り出された。

「ほら、去年の秋、一度戦友の方の御英霊をお送りして一寸帰って来たことはお聞きでしょう? あの時にどうやら遺して行ったらしいのです」

「――奥様、東京の奥様！」と遠くでまた誰か呼んでいる。

伯母様はそそくさとお立ちになった。そして茫然たる私をあとに「じゃ、お願いします」と言って五、六歩あるかれたが、襖のところで一度振り返って、にっこりと笑顔になった。

「どう？　可愛らしいお嫁さんでしょう？　私はほんとうに克彦のお嫁さんだと思っています」

一瞬の後に消えた伯母様の顔をいつまでも空に私はみつめていた。それは今度伯母様がこちらへ来られてからはじめてお見せになった薄あかるい、はなやかでさえある笑顔だった。

二

『――父上様。母上様。

小生は今迄遺書のごときものを書くつもりは毛頭ありませんでした。故国に於ける小生の生活も、心も、青天白日、悉《ことごと》くご両親様のご存知の通りであり、またそれ故に言い残す事など一つもありません。

――こう、この前出征した時には考えていたのです。ところが、この度、戦友の遺骨送還の任を受け、暫時なりともご両親様に見ゆるの僥倖を得て、今かかる遺書らしきものを書いて置く必要を感じました。しかし決して遺書などいう厳粛なる範疇《はんちゅう》に入るものではありません。唯善《ただぜん》と痴愚《ちぐ》の如何を問わず、総てをご両親様に打ち明け、御心のままにご判断願う、小生の主義によって書き残すにすぎないのであります。

詳しい事は書くを得ません。今夕午後五時には既にこの家を去り、またそれまでといえども父上様母上様のご愛撫の眼を逃れて、ひそかに書き物をするがごときは、時間的にも精神的にも到底小生には不可能であるからであります。簡単に申し上げます。

小生は水木千江子なる女性と相知りました。――但し故国に於てではなく、而も単なる手紙に依って、――即ち支那の戦線に送られて来た慰問文によって知ったのであります。

それは恰も宣昌《ぎしょう》周辺の討伐戦酣《たけなわ》なる秋でありましたが、私はこれに対し早速鄭重なる礼状を返しました。すると一月ほど経ってから今度は慰問袋が来る。また手紙が来る。――しかも其の品々や筆遣いに満ち満ちている奥ゆかしい優しさ。――かくして小生と水木嬢との間に海を越えて幾十通とも知れぬ手紙の交換が始まりました。

荒涼凄惨を極める最前線の生活の上に送られてくる故国からの便りがどれだけ嬉しいものか、どうぞご想像下さい。それは熱砂に見出す清冽の泉であり、吹雪の夜に望む一点の灯であります。しかも、――正直に申し上げて当時の小生は、文をくれる人が若い女性であることをどんなに嬉しく思ったことでしょう。――戦友共が羨んだり冷やかしたりするのを、どんなに得意になったことでしょう。

ある時、一人の戦友が水木嬢の手紙を見てこう批評しました。「これは紫陽花のような感じのする人だと思う」それからこの手紙の主に「紫陽花の君」という綽名《あだな》がつきました。

事実水木嬢の手紙は、婦人の優しさを湛《たた》えながら、めずらしくも、古風な候文であったのです。それが一層床しく思われて、小生は一度厚かましくその写真をお願いしてみたのです。その結果、送られて来た写真は、――まさに小生の想像通り「紫陽花の君」でありました。

この写真は思うところあり此処に残しておきます。このどことなく古風な髪、すずやかな瞳、清楚なる双頬、――小生が血と硝煙と砂塵と飢餓との暇暇に、光のごとく夢幻のごとく想い、楽しんできたのは実にこの顔であります。

小生はあたかも小児のごとき心境となり、一時凱旋の暁は、この水木嬢に結婚を申し込もうとさえ考えました。しかしそれは最早出来ません。この度、卒《にわか》の帰還に際し、得べくんば水木嬢を訪ね、せめて御礼など申し上げようと空想致しましたが、時間の余裕なく、また遺骨送還の任に照らす時、断じて左様な事は相なりません。
ご両親様に申し上げようと思いましたが、かつてかかる類の事に就いてご相談申し上げたる経験なく、かつこの厳粛多忙なる帰還中、平静に見て幻のごとき話を持ち出す事の恥ずかしく、小生出発後いつの日かこの写真をご覧になり、父上様乃至母上様より水木嬢に厚く御礼申し上げて頂きたく、ここに書き残して置く次第であります。
小生もとより生還を期しません。征く涯ての、支那戦線であるゆえのみならず、今や日米間の風雲急にして遠からず、太平洋に驚天動地の歴史的波濤の逆巻くような予感が致します。この歴史の波濤の中へ渺《びょう》たる一身を投げ込み、その一滴となる事は男児の本懐であります。ただ、ご両親さまの御慈愛を初めとし、すべて甚だ冥加に尽きた小生が、冥加ついでに贅澤を申し上げるならば、小生が再び「光栄の凱旋」を致します時に、小生の墓標を愛でらるる父上様、母上様の花束の中に、是非ひともとの「紫陽花の花」を加えて頂きたい事であります。呵呵《かか》。
最後に父上様母上様のご健康をお祈り申し上げます。
早々
ご両親様膝下
克彦拝』

――読んでゆくうちに私の手はふるえてきた。なぜか心臓がつぶれてしまいそうなほどわくわくした。私は顔をあげた。あかるい夏の日、うずくまっていた地上からふと起き上がったときのように瞳をしぼって来る黒い光を感じた。

私は腕を力なくだらりとたれたまま、じっとしていた。何となく気分が悪くなり、――全体が、全世界が――何もかも心の中で霧に蔽《おお》われてしまったような気がした。私は暗い光の中に笑っている克彦兄さんの顔をみつめていた。頬をうたれたような感じであった。

けれど、それは憎くなかった！　その顔はただなつかしかった。私の眼に、甘い、苦い涙がもりあがった。畳が、青い小波《さざなみ》のように朧《おぼろ》にゆれている。その上に落ちている、先刻の写真に視線を投げたが、二度と手にとる気もしなかった。

（あの人が、――あのひとが、「紫陽花の君」だなんて、いくら兄さんだってすこし滑稽だわ！　貧乏そうで、影がうすくって、あんな顔、えんどうの花だわ。……）

ふと、その顔がにっと微笑んだような気がした。私は突然かっとのぼせてその写真を取り上げた。そのとき縁側の外に忙がしげな裾擦《すそず》れの音がして、「恵子さん？」と伯母様の声がした。

「ええ、只今」と答えてから、その声が我知らずかすれて、とげとげしていたのに、はっとして、私は無理に微笑の顔を造ろうとしたが、唇はわなないただけだった。でも、都合よく、伯母様は障子は開けないで、そのまま急ぎ足で奥の間の方へお行きになってしまった。

私は写真をもって立ち上がった。足がふらりとよろめいた。(私は克彦兄さんのご焼香に来たんだわ。ご門番に来たわけじゃあなくってよ。……)

私は心の中で伯母様を恨めしがった。けれど、しおしおと、下駄をつっかけて、雨に濡れるのもかまわず、中庭から表庭を門の方へ横切っていった。

三

金木犀はほろほろと散りつづけている。門の屋根は雪がふったようだった。その屋根の下に、あおかびの匂いのする黒い柱に背をもたせたまま、私は立って待っていた。

門の前には古い石橋がかかって、その下を静かな音をたてて細々とせせらぎがながれていた。胸のなかに暗い炎が燃え立って、息をするのも切ないような気持ちがしてくると、私はその石橋を渡って、往来を河沿いに暫く歩んで、土塀の裾から石垣に、また水の上に垂れている薄枯れた笹の葉に光っている暗い銀色のしずくを眺めた。そんなひとときにふと、橋の上に立ってこちらを見詰めている黒い人影に気が付いて、はっと振り返ると、それは女学校の校長先生だった。

「何をしているのかな、細木さん？」

私は頬が仄かにあつくなるのを感じながら微笑んでお辞儀をした。枯れ木のように痩せて、この春までは少しおっかなかった校長先生が、この時変になつかしいお父様のように感じられた。

「この度は、甚だご愁傷様です。……ご焼香はまだでごわしょうな。どうも大変遅れまして……」

あらためて、そんなことを言いはじめた先生は、私の眼に盛り上がってきた涙を見ると、ちょっと驚いたように窪んだ瞼《まぶた》をぱちぱちとさせ、やがて早々と門の中に入っておゆきになった。

私はあとからあとから溢れてくる涙をどうしようもなかった。在郷軍人の会長さんと警察署長さんが打ちつれていらしたときも、婦人会の羽田先生がおいでになったときも、私はただ濡れた瞳で黙って迎え入れた。いくらお葬式だって、――私は今になれば恥ずかしい。いいや、私のあの涙はかならずしもそのお葬式のためばかりではなかったようである。……それを思うと恥ずかしいよりそら恐ろしい。けれど、そのときはただ涙が――いつのまにか快よくなっていた。私は染み入るように寂しさに魂をひたして、霧雨にけむる往来に眼を投げはじめた。

黄色な三本の銀杏《いちょう》の下に並んだ黒い家々は皆眠った瞳のように門をとじて、その甍《いらか》の上の雨雲のかかった薄青い山の峰が少し明るんで来たところを見ると、ありがたいことに雨はあがってくれそうだった。そして路の向こうがわに、いつの間にか国民学校の児童たちがぞろぞろとならびはじめた。ちょうど源氏の末摘花《すえつむはな》のように惨めな、――そうしてそのみじめな哀愁に感動していた私だったけれど、子供たちに泣き顔を見られるのは辟易して早々に門の蔭に身をひそませた。いやひそませようとした。――そのとき往来の左側の方から足早にやってくる若い女の人の姿が見えた。私の全身を異様なふるえがはしった。恐ろしい幽霊を見たときのように私はさっと青ざめて、そのくせ瞳をいっぱい見開いた。

そのひとは、石竹色のレインコートを着て、方ひじに竹篭をふらさげていた。足には赤い鼻緒をつっかけている。――どうもへんである。のみならず、その姿格好には、どうやら見覚えがある。――そのひとが、私の前を通りかかって、かたくうつむけた顔をかすかにあげて、横目でちらとこちらを見たとき、私は思わずはれやかな叫びを洩らした。それは、同窓の桜井さんだった。

「まあ！　細木さん？　あーら、おどろいた」

桜井さんもかんだかい声をあげて、ちょっと路の向こうを見てから駆け寄って来た。私は籠《かご》から銀色の尾をはね出させている三匹の大きな鯖《さば》を見た。

「あたし、けさからお買い物に出て来たの、もうそろそろ帰ろうとおもって、このへんを通りかかったら、あの通り子供たちが堵列《とれつ》しているんでしょ、まさかあたしを奉送してるんじゃあるまいとは思っても、いささかへいこうしたね。そこにあなたがへんなとこに黒衣の聖母ぜんと澄まして立ってるんだもの、ちょっとお見それしないわけにはゆかないわよ。町葬でもあるの？　あらこのおうち？　……あなたは？」

桜井さんは町から三里ばかり離れた村のお医者さんのお嬢さんだった。卒業してからクラスのアルバムのことで一度遭ったきりだった。相変わらずの豆をいるような早口に、私はわらった。胸をしめつけていた鎖が切れて、青い春の大空にそりかえったような吐息が溢れた。

私が手短に説明すると、桜井さんはさすがにおどろいて、門の内へぴょこりとお辞儀をした。そして再び私の方をむいて、頭のてっぺんから足のつま先まで見上げ、見下ろした。

「細木さん、似合うわ。まるで九条武子夫人。……」

そのとき私の笑いが唇で凍った。おどけた桜井さんの丸い眼に対してではない。突然いままでの自分の笑いがけがらわしい、いやあなものに感じられた。まるで孔雀か七面鳥の品さだめでもするように大げさな形容をしゃべりつづけるその口を私はしだいに憎憎しそうに睨みはじめた。

「――それで、一体全体、あなたはここで何をしているの？」

そう、やっと気が付いたように問いかけられたとき、私は自分でも思いがけぬするどい声でいった。

「もう行って！　桜井さん、おねがい！」

桜井さんはあっけにとられたように私の顔を見詰めた。けれど、またまた私の眼にあふれてきた涙を見ると、ちょうど校長先生とそっくりの醜いへんな顔をしてあとずさった。

桜井さんが行ってしまったとき、私は胸の奥でつぶやいた。

（私は待っているの、私のおねえさまを！）

そうつぶやいて、自分ではっとなったが、しかしもう一度こんどは口にだしていった。

「私は待っているのよ、美しい、優しい、あのひとのお嫁さまを！」

わたしはじっとしていられないほどの興奮を覚えてきた。どうしてそんな気持ちになったのかわからなかった。出棺は午後三時半のはずだった。私の来たのは一時過ぎだったから、もうかれこれその時刻になろう。私は心の中で足ぶみをした。（早く来て！　早く来て！）

私はほんとうに紫陽花のように優艶な水木さんと、手を取り合って、ひたむきに泣き濡れている自分の姿を想像してうっとりとなった。傍らに清らかな墓標が厳然と立って、その上の深い青空に白い雲がながれている。

「――気を付け！」時々そんな高い声が往来の向こうから響いて来る。何だか家の中もざわしはじめたようだ。いや、今聞こえてくるのは、最後の読経と鐘の音ではないか。

私はいらいらとした。ご焼香のことも心配だったけれど、私は門を離れるに忍びなかった。私は水木さんを信じた。けれど、人通りは、もうふるとも見えぬ雨がけむっているだけで、遠い向こうからは、背をまるくしたお百姓さんと、お巡りさんと、ずっとおくれて影のようなお婆さんがとぼとぼとやって来るばかり。それらしい女の人の姿はまだちらとも見えぬ。

私はついにあきらめて一度門の内へ歩き出して、大分ながい間考えていてまた出てきた。そのとき、門の外からおずおずとのぞきこんでいる黒い梅干のようなお婆さんと顔があった。

「今日、お葬式のござりますのは、このお宅でござりましょうか?」と、その見知らぬお婆さんはふるえ声でいった。私はじろじろとその姿を見回しながら尋ねた。

「そうです。どなたでいらっしゃいますか」

「わたくし、水木千江と申すものでござりますが……」

私は茫然と立ち尽くした。

四

いったい、これはまあ、どうしたことだ。「紫陽花の君」の本体がこの皺くちゃのお婆さんとは! 私の注進によって事態のただならぬことを予感された伯母様は、ひそかにこの不思議なお婆さんを例の西の間に通された。

「きちがいじゃろ?」とはじめ容易にうたがわれなかった伯父様と、青白い顔をした伯母様と、私とに囲まれて、白い髷《まげ》のちょこなんとした、欠けた歯の二本しか見えぬ、置物のように小さなお婆さんは、脅えたように時どき三人の眼を仰ぎながら、そうしてたえずぺこぺことお辞儀しながら、細い声で語り始めた。私はお婆さんの、黒い小さな右手がいつもぶるぶると微風にふかれているようにふるえているのに気がついた。

話の進むにつれて、伯父様の肥った頬はしだいに烈しい驚愕と不機嫌にふるえ、伯母様の美しい眼は、だんだん耐えられぬ苦悶と悲しみに暗くなっていった。それにくらべて、私はなぜかはじめからこのおどおどとしたお婆さんに好感が持てた。――けれど、これらの不機嫌も悲しみも好感もるるとして語られる不思議な話の結末近くなると、皆一様に深いふかい感動に変えられていたのであった……

「わたくしの住んでおります城崎郡八代村の河江と申しますのは、鉄道の通っている町から小十里も奥へ入った、山の中の、谷の底の、ほんに水のみ百姓の家ばかり二十何軒かのそれはそれは貧しい村でございます。したがって今でさえ小学校もございませんし電話なぞもついてはおりません。私は明治九年の生まれでございますが、ものごころつきました時分、――御国に学校なぞありましたかどうか。――今では峠一つ越えた村に小学校がございますが、わたくしどもはまだ寺子屋でございました。いいえ、わたくしなぞはそんなところへも通える身分ではございません。その頃、御維新までは御武家さまだった梶木梶右衛門様とおっしゃるお方がいらっしゃりまして、野良仕事の片手間に子供らに読み書きを教えてござりましたが、わたくしはその梶右衛門様のところに子守奉公いたして、そのとき学問させて頂きました。こう申せば、ほんにお笑いでござりましょうが、筆のたちがええというて、ときにはお上さまの御代筆までさせて頂くほどになりましたのは皆みなこの旦那様の御かげでござります。はい。

明治二十六年に夫をもちまして翌年娘を一人つくりましたが、この娘は後にひさしく京都の方へ奉公に出しまして、これは明治天皇様がおかくれになりましたと同じ年に肺病でおっ死にました。夫の方も旅順で戦死しましてからは、娘の仕送りもほんの夢の間、それからずっとわたくし一人で猫の額ほどの田畑に出てみたり、糸を紡いだり、村の衆の走りつかいをさせて頂いたりして細々と命をつないでおりました。

そのうちに支那で戦争が始まりまして、狭い村のうちでもはや二、三人死んだり怪我したりする若い衆が出て来る、これは大変なことじゃやと思うていると、村役場の方からたびたび戦地の兵隊さんのところと名前がどこの家にも割り当てられて、慰問文を書いておあげ、慰問袋を送っておあげなどといってまいります。ちょうど戦争のはじまります頃から、どういうものかこの通り右手がふるえ出しまして、それにつけてもこんな虫けら見てえな婆でもこうやっておてんとうさまの下に生きさせていただけるのはこれもみな兵隊さんのおかげじゃ、何とかしてあげたいとは思うてもどうしようもござりません、そこにこのお話じゃによってやれありがたや、これで万分の一でもご恩がえしが出来る、こう思いまして、二度、三度、筆をなめなめ慰問文を書いておりますと、ある日ひょっくりそのうちの御一人からお返事が参ったではござりませんか？　しかもそれはそれはご丁寧なお手紙で、わたしは思わず涙がこぼれました。ああ、勿体無いと押しいただいて、その晩から串柿や餅や干芋などを集めたり造ったりして慰問袋を送りましたところが、またはるばるうれしかったとありがたいお便りが参ります。これが、——これがこちらの若旦那様とおちかづきになりましたはじめなんでござります。

ところが、そういたしておりますうち、気が付きましたのは、どうも御先方様が、——私を、——どうやら若い娘じゃとこうお思いのようじゃということでござります。いいえ、わたくしは一度もそのような浮いたお便りを差し上げたこともござりませんし、また若旦那様のお手紙にも、そのように考えていなさるなどとは、はじめはついぞ見られなかったのでござります。それが、たびたび文をかわしておりますうちに、段々、おっしゃることがいかにも若やいでおいでなさりまして、ついこの婆も――お笑い下さりますな、――年甲斐もなく顔があつくなるような気持ちのすることもござりました。

そのうちに、大変こまったと申しますのは、若旦那様が写真を送ってくれい、こうおっしゃるのでござります。いちばんうつくしく着飾った写真をくれぃと、――ああ、若旦那様は、やっぱりわたくしを若いきれいな女子じゃと思うていらっしゃったのでござります。が、――すさんだ寂しい戦地にどうしてこの皺だらけのうす汚い写真を送れましょう？わたくしは蒼くなって、その当座飯ものどに通らないような気持ちがいたしました。けれど、わ……二度、三度、若旦那様のうきうきしたお手紙を読み返しておりますうちに、今さら改めて、水木千江とはこの通りの婆であったとは、どうしても、――むごたらしくて、お可愛そうで、ことわることさえ出来ないような気がしてきたのでござります。

奥様、だんな様、どうぞお許しなされて下さいませ、わたくしはとうとう、仏壇の棚から、死んだ娘の写真をとりだして、封に入れたのでござります。

ほんに魔が魅入ったのでござりましょう。いえいえ、わたくしは、これが忠義じゃと思ったら、そのときは何となく気がかるくなったような気がしたものでござりました。……それから私は本気になって若い娘になりきろうといたしました。死に物狂いで化けました。すると、不思議なことに、だんだんひどくなってきていた手のふるえがいつのまにか直り、ランプの光にどうかすると見えなかった針の穴もやすやすと通るようになり、白髪の抜け毛がめっきりとへり、額の皺もなんとのびてきたようではございませんか？　ふだんからよぼよぼして見えるわりには頑健なからだではございましたが、この変わりようには村の衆もびっくりなさりまして、水木の婆は、あれは茄子の黒焼きを良く食うからじゃと、こう申して不思議がったものでございます。

この夏のはじめ、三日三晩でつくりました振袖人形を送ってさしあげましたが、それ以来お便りが参りません。どうせ戦地のことじゃと思ってはじめは別に気にもかけずにおりましたが、それから、小さな造花を送りましても、雛を送りましても、何のご返事もございません。——もしや、と思ったら、おそろしくておそろしくて、また手がかすかにふるえるようになりました。腰もだんだん曲ってゆくような気がいたしました。わたくしは毎朝鎮守様に願をかけ、塩だちをいたしました。……すると、先日、藪《やぶ》から棒にこの奥様からのお手紙でございます。倅が戦死した、葬式には何をおいても来てくれいと、——わたくしはそれを見たとき、胸が石のように硬くなり、気がとおくなりました。

その晩ほどわたくしの泣いたことはございません。夫が旅順で戦死したときも、娘が肺病で死んだときも、あれほどではございませなんだ。泣いて、泣いて、身が浮くばかり泣きあかして、翌朝水鏡で見ますと、なんとほとんど元通りに、――それどころかまるで死びとのように衰えて、髪はちょっと引いてもばらばら抜けおちるようになっているではございませんか？

どうしてわたくしのことをお知りになりましたか、それはとにかく、そのお便りで見ると、どうも奥様もわたくしを若い娘のようにお思いらしい、わたくしは恥ずかしいより、身のふるえるほど恐ろしくなりました。まいらせていただこうか、いただくまいか……このことが胸の中をしめぎ、責めさいなみました。

けれど、若旦那様はもう戦死なさりました。神様でございます。何もかも御見とおしでございます。その神様を、――またその親御さままでも、今さらどうしておだましすることが出来ましょう。ご供養になりますのは、もう唯まごころだけなのでございます。

わたくしは昨日の朝から、野こえ山こえて、停車場のある町へ出かけました。早く参らせていただこうとは思っても、なにしろこの二十年あまり汽車などいうものに乗ったこともございませんので、ついついこのしまつになったのでございます。

だんな様、奥様、この大それた婆をどうぞお許しなされて下さいませ。どうぞ、どうぞ、……」

——お婆さんはひれ伏した。実をいうとお婆さんの話はこんなに流暢をきわめたものではない。涙をふいたり、お辞儀したり、洟《はな》をすすったり、どもったり、黙りこんだり、同じことをくりかえしたりして、ほんとうは三十分以上もかかったであろう。しかし、その強い方言をなおして書けば、大体こういう物語なのであった。そのぼくとつな話しぶりに波うつ誠実さは、直接耳にきかなければ、私は言い表すことが出来ない。

私は首を垂れて聞いていた。涙が膝におちた。遠く潮騒のようなざわめかしさの中で鐘の音が一層早くなりだした。

伯父様は深く組んでいた腕をといて顔をおあげになった。頬にひかるものがあったが、眼は微笑していた。

「克彦も、のんき坊主だったたな」

こうつぶやかれた。それからお婆さんに向かって、やさしくその歳をお聞きになった。六十七歳という返事に伯父様は声をたててお笑いになった。——それから後葬式中もずっと、伯父様はお婆さんの方へあたたかい、いくぶんユーモラスな眼を向けられるだけで、わたしにはそのお心の中にどんな波がながれているのか、とうとう分からなかった。

伯父様が出てゆかれると、伯母様は静かにお婆さんの傍らによりそって、その手をとり額のところまで押しいただかれた。

「わかりました。ありがとうよ……」

ただひとこと、その声は低かったけれど、それを聞いたお婆さんは首を垂れて泣き出した。

私も胸がつまって、そのままおいおいと泣声を洩らしはじめた。

五

雨はあがった。

遠縁の平右衛門さんが、白いぶ厚い細長い帳面をとりだして、筆でちょいちょい書きいれながら、縁側に立って、葬列の人びとの役割を大声で読み上げた。私は銀の蓮の香華だった。しかしその前に、

「ご位牌、細木敏子殿――」

と叫んだとき、伯母様は例のお婆さんの手をひいて静かに進み出された。そうしてご位牌

は自分で受けとられたがそのままお婆さんの手にお渡しになった。

「おや、あの老婆は何者だろう？」

そういうささやきが群集のなかに洩れたとき、伯父様はその方をふりむいて笑った眼で、厳粛な調子で、こうおっしゃった。

「あれは克彦の花嫁です」

しかし、それっきり水のように澄ました顔なので、誰も笑うどころか問いかえす人もなかった。私は今でも叔父様のこころは忖度《そんたく》できない。けれどもさすがに女同士のためなのか、伯母様の胸のうちはいたいほどはっきり分かるような気がした。

（苦しんでいらっしゃる）

純白に真紅の丸の染め抜かれた日章旗に包まれた棺の前後に長くながく伸ばされた白羽二重の紐を軽くにぎったまま、ときどきお婆さんの顔を眺められる伯母様の瞳には、夕暮れのようなくらい光がともった。

それは、どうしても捨てきれない深い、痛ましい母の誇りと愛と寂しさに違いなかった。私はその「かなしき怒り」に胸がせまった。けれどその歎きの吐息をどこの誰にむけられよう？　その「誰か」がありさえすれば伯母様はそのように苦しんだりはなさるまい。

中学校の鼓笛隊の吹きならす「海ゆかば」の奏曲のひびきは哀愁の尾をながく引いて秋の風にながれた。葬列は町を離れて次第に山路にかかった。

霧か、雲か、白いけむりのようなものがうす青く透けてきた空にあがってゆく。金色の日のひかりが、虫の鳴き抜く草をふんで歩むお婆さんの頭上にふりそそいだ。おばあさんは額に位牌をささげて、無我夢中といった顔つきで進んでいた。手はもうふるえてはいなかった。私はじっとそれを眺めて、それから傍の伯母様の片頬に唇をよせた。

「伯母様」

私は顔をあかくしながら、ひくいささやくような声でいった。

「色あせしあじさい花よ埋みませ――」

伯母様は私をふりむかれた。私はつづけた。

「吾子のねむれる土白妙に……」

伯母様は微笑まれた。私は首筋まで真っ赤にしてうつむいたけれど、その瞳がまた薄明るい花のように輝いたのを見とめたのであった。

（二十、十一、二十三）

早春の追憶

「あなたは、あの冬の海のようですな」

廃墟と化した東京の街路を歩いていて、ふとこがらしのうねる大空を見上げる時、霧島千尋の耳によくこんな声が聞こえる。大抵の場合、すぐに彼は再び瞳を、茫々たる草原の中に落日を浴びて崩れ落ちている石楼や、赤い丘の枯木の中へ消えている舗道や、蘆《ろ》の腐った水溜りに影を映した鉄骨などに戻して、そうして皮肉な微笑を洩らす。彼は昔の東京よりもこの粛殺《しゅくさつ》荒涼たる焼野に遥かに芸術的満足を感じているのである。時にはリラダンの小説を地で行ったような妖麗な美観に打たれることがある。

(西垣の言ったことは、当たっているな。)

彼はこう呟いて、思わず皮肉な微笑を洩らすのである。

けれども、その暗澹《あんたん》たる雲の漣《さざなみ》の涯へ投げた眸が、じっとそのまま動かぬことがある。

そんな時彼はおのれの人生の未来を見つめている。その表情は殆ど恐怖というのに近い。彼はしばらくして「ふん」と軽蔑したような息を洩らして再びこつこつ歩き出す。しかしその姿には妙に深い哀愁が漂っているのである。

しかしここには暗澹たる霧島千尋の人生観を書くのではない。その性格を冬の海のようだと形容してくれた、彼の友人の話を書くのである。

千尋は、中学校を卒業する前後からしばらく軽い肋膜《ろくまく》を病んで、上級学校に入るまで、母方の祖父の家で暮らした。兵庫県ではあるが、鳥取に近い諸寄《もろよせ》という小漁村である。祖父の家には、大阪帝大の医学部をあと三ヶ月で卒業というところまで進みながら、その二年前に首をつって死んだ叔父の遺品の中に、医書に混じってショーペンハウエルやレオパルジの論文集、ストリントベルヒやポーやドフトイエフスキーやアルツイバアシェフの小説などがあって、病み上がりの二十歳前の年齢でこういうものを耽読したということが、彼の脳と胸に或る烈しい影響を与えたということは否定できない。

しかしまだ千尋は人生というものは知らなかった。暗い夜、遠い沖から響いて来る海鳴りの音を聞きながら、その海鳴りのような人生を連想して脅《おび》えるだけであった。けれども彼は女の子ではなかったから当然こういう人生の潮を乗り越えてゆく彼独特の小さな船を心の中に準備した。それは美しい、冷たい氷の船であった。どんなに烈しく降りかかってくる世の汚れたしぶきにも一滴も染まらない、鋭い、高貴な、ぴかぴか光る魂の船であった。

だんだん極端な人嫌いになってゆくにも拘らず、こういう潮を思い、こういう船を描くにつけて、彼は時に耐え難い孤独に苦しむことがあった。全く浮世から取り残されたようなこの寂しい海辺の村に、ぽつねんと時を過ごしているのが、冷たい血が頭に昇るほど焦だたしいことがあった。

そういう時に古い友人の西垣がたずねてきてくれたのである。

西垣は、ここから二十里余り離れた彼の村の小学校で、ずっと級長をやっていた男であった。彼はどんなに頑張ってみても副級長よりなれなかったから、大いに西垣を尊敬していた。尤《もっと》も頭で負けていたとは思わない。彼が「坊ちゃん」であったにも拘らず、西垣が金物屋の息子であったから尊敬したのである。「坊ちゃん」というものは何処の社会へ行ったっていつでも第二流の存在である。そういう呼称のゆえに、自他共に割引して考えるからである。西垣の偉いところはその抜け目のない点にあった。千尋の親の見ているところでは「坊ちゃん」と呼んで、学校に行くと「霧島君」と呼んだ。彼はその公私の別の判然としているのに驚嘆した。村の少年全部を二分したおおがかりな兵隊ごっこで、千尋の家の広庭で勢揃いする時彼を陸軍大将に任命したくせに、山に登ると上等兵にして、自分が大将になる男であった。彼はその義理をわきまえているのに畏怖を覚えた。

千尋が中学に上がった時、西垣は同じ山陰の町で小間物屋をやっている兄の家に手伝いに行った。それ以来、改めて語り合うような機会がない。そうして、人生というものがまるっきり異なった眼で眺められるようになり、それにつれて小学校時代というものが遠い、夢のように思われる頃になってから、突然、ひょっこりと思いがけない祖父の家へ訪ねてきてくれたのである。

薄曇りの冬の午後であったが、西垣の顔はいきいきと赤く輝いていた。まるっきり大人になった肉付きで、久闊を叙する言葉も慣れたものであった。それに対して単なる間投詞ぐらいしか述べられない千尋は心の底で一種の圧倒を感じながら、痩せた顔をなつかしそうに微笑ませていた。

西垣は暫く商売の話をした。兄が出征して、それ以来義姉を助けてとはいうものの、実権は既に自分の手にある。取引というものは実に愉快なものだ。先日から、この近所の町へ商用で来ているのだが、ふと貴方がここにいられることを聞いてやってきたのだというようなことを話した。そのうち、トランクから櫛《くし》だのポマードだの、帯留だの取り出して、そこに並べ面白そうに説明した挙句、鰐《わに》皮の財布を一つ取り出して千尋に売りつけた。千尋も少し自分を取り戻してきて、その頃癖になり始めた揶揄的な口調を弄しながらそれを買った。それから西垣はふと思いついたように、

「おひまでしたら、湯村温泉へ一寸遊びに行ってみませんか?」

と言った。湯村温泉というのは、諸寄から一つ置いた岩井という駅から更に少し入った小さな温泉である。彼は暫く考えていたが、もともと退屈していたところなので素直に承諾してたちあがった。

雪の非常に少ない年であったが、二月の末である。寒風はかなしげな音をたてて虚空を吹いた。無帽にマント、下駄履きの千尋と、赤革の靴を光らせて、派手な薄紫のオーバーに鳥打の西垣が、村外れの駅に上る坂道を登ってゆくのは、確かにどちらが「坊ちゃん」なのか分からなかった。

小さな駅のプラットホームに立つと、すぐ下に屋根に石塊をのせた貧しい猟師の家々が見え、その向こうに狭い青白い砂浜と海が望まれた

海には一艘の小船も見えなかった。ただ丸い沖から、黒々と鈍い光を放ちながらうねって

来る波頭は、汀近い岩岩に幽霊のような白い波頭をあげていた。足もとが微かに震えるほど大きな低い潮鳴りが轟いた。空は陰暗たる雲が垂れて棚引いていた。時に不思議な白の光が金色の筋を落として消えると、波の飛沫は地獄の花のように輝いた。その時千尋は「虹が」と叫んだ。どういう天象であったか暗い海の果てに朧な虹が浮かびあがってきたのであった。飄飄《ひょうひょう》と寒風の鳴り渡る冬の日本海のそれは何という惨麗な絶景であったろう。

西垣は外套の襟をたてて嬉しげに笑った。そしてこう言った。

「あなたは、あの冬の海のようですな」

どういうわけで、西垣がこの語をなしたか千尋はまだ知らぬ。少なくとも小学校時代の千尋はこの形容に該当しない。先刻の雑談からこの結論を出したにしては、余りにそれが短かつとりとめがなさすぎる。しかし人間の印象は談話のみにあらわれるものではない。それに西垣も馬鹿ではなく、それどころか数年浮世で「人間」を見てきた男である。――要するに久しぶりに遭った千尋の全存在からこの頗る風流な月旦《げったん》がびしりと彼の心に鋳られたものであろう。

その時彼は荒海に幻のようにきらめいている五色の橋を眺めつつこの評を聞いて更に驚かなかった。

（そうだ。俺はあの海の虹のようだ。――暗い人間の海原の上に、俺はあの妖麗な虹のように、掛かってみせる）

こう思った。――併し、今、――ずっと後になった今、その虹は薄れて、ただ胸の中には黒い北洋の波濤のみがうねっている。西垣の言葉が、その意味する最小限の意味を以って恐ろしい響きを送ってくる。

家を出たのが、日も大分廻った時刻であったから、岩井駅に着いた頃にはもう最後のバスが出たあとで、西垣はいっそハイヤーでも飛ばそうかといったけれども、たかが一里近々の路であるし、それに冬ざれの枯野を足にまかせて歩き回ってみたい血の鬱屈を感じていたので千尋は友にそう提議した。

町を出るのと入れ違いに、炭俵を積んだ牛車が入って行った。路上にはそれから暫くの間この牛が落として行った褐色の糞が、所々白い湯気を立てていた。それを一つ一つ注意深く避けて歩きながら、西垣は、

「――世間って面白いものですなあ」

と、また汽車の中から続きの商売や闇取引の話をしはじめた。

「貴方は医者になられるのだから、心理学なんてものもやるんでしょうが、――いや、今だって知っておられるかも知りませんが、あの自惚れってやつですな。こいつは確かに研究してみる値打ちがありますぜ。そんなものは心理学にゃありませんかね？　とにかく上は大臣大将から下は盗人女郎に至るまで自惚れというものがあるんですからな。それは恐ろしい位で、あの保険勧誘員が女に、美人薄命と申しますからとか何とか言って勧誘したという笑い話がありますが、どうして笑い話どころじゃありませんや。人間はこいつがないと生きてなど行けないのかも知れません。――で、まあ、わたしみたいなこんな人間だって自惚れがあります。商売を始めて一番辛かったのは、この自分の面目玉を一応払い下げにするということでした。しかし、いったん払い下げてみると、そりゃ他人がアホに見えて仕方なくなるもんです。商売のコツは、この自分の自惚れをとって相手の自惚れにくっつけてやることですよ。ちょいとおだててやると、品物がイカモノだろうがやくざだろうが、いいご機嫌でお買い下さるんだから、人間って奴ぁ、どうしてまあ、こんな一銭の得にもならない。――得にならないどころか、こんな自惚れなどいう厄介な重荷をぶら下げているものなのか、時々可笑しくって涙のでることがありますよ……」

西垣の論に拠ると商売とは即ちだますことであった。それをどんなに非難してみても否定してみても結局「要領のいい」ことが処世の術に於いて勝利を占めるのは、厳然たる事実だから仕方がないといった。千尋はというと、彼は商売のみならず人生そのものが「だましっくら」であると考えていた。けれども彼はその上に（最も「要領のいい」のは、自分自身をもだますことで、その一番優れた手段は「まこと」である）と付け加えずにはいられなかった。彼はその「まこと」を貫き通すだけの意力のないのを悲しんでいた。しかし西垣が真の社会の波を越えて来たということは、彼の辛辣な言葉に一種の脅威を加えて千尋の胸に響いた。彼は肯定と反抗の混じりあった苦笑を浮かべながら、路の両側から左右に広がる枯野に瞳をさまよわせていた。風は丘や山陰の残雪から吹いて、所々の凍った葱《ねぎ》や麦の青が眼にしみるようだった。

そういう千尋の横顔を覗きこんで、西垣は微かに笑った。そしてまたこんなことを言い出した。

「世間って所詮金と女ですよ。こういうと皆さん顔をおしかめになりますがね。わたしゃ貴方にゃ裸になっているんですから申します。金かねと、人様はさも軽蔑したようにおっしゃいますが、古えからの英雄豪傑ですな、そりゃこういうひとたちは苦しみました。その高い大きな事業をしとげるのに苦しみました。しかしそういう苦しみの量と、この浅ましい金にからんだ苦しみの量とは、勘定してみりゃどっちがどっちといえないんじゃないですかね。そして、こりゃ女についても言えそうですよ。——金さえありゃ人間何でも出来ます！　わたしゃ今、金か女といわれると、まあ金の方をいただくつもりですけれど、心の中じゃ、その金だって女の為だと、こう思っていますよ。男の知恵は金の為、金は女のため、そうして女の綺麗さってものは、実は男の為に、神様がお造りになったんだろうと、こう思っています。女って、全く馬鹿なもので、つくづく考えてみりゃ、馬鹿馬鹿しい限りですがしかし可愛いのには勝てませんからな。実際可愛い。……こういう心持まで金に換算したくない。……この世の楽しみですからな。生き甲斐の根源ですからな。坊ちゃんどう考えます？」

「金の大切なことは知っている。しかし、あんまり身を入れて考えてみたことがないから、正直、その大切さ加減が分からないね」

「羨ましいご心境ですな」と西垣は笑った。「じゃ、女は？」

「そっちは愈々《いよいよ》知らない」と千尋も笑い出した。しかし、すぐに真面目になって「しかし、そのことは少し考えてみたことがある」といった。

「こりゃ頼もしい。謹聴、謹聴」

「僕は女は知らないから」と千尋は顔をあかくして続けた。「可愛いなぞという感情は実にぴったりこない。しかし君の言うとおり余り利口らしいとは考えていない。尤も男がそれほど利口か、ということこれは疑問だがね。……とにかく、僕は将来知識とか芸術とかいう高尚なものに関して女に立派な伴侶を求めようとは思わない。しかし女も人間だ。君の可愛いという言葉の響きからすると、犬も猫も女も大した懸隔がないように感じられるが、――尤も誰だったか、女という奴は人類ではない、人類と猿類の中間の女類だといった人もあるけれど、女は確かに人類の秤の半ばに釣り合う徳を持っている。それは、男子も含めた人類を『生む』ということだ。尤もこれは人間以外のすべての動物の雌の持っている徳だけれども、――僕は本音を吐くと、人間の生存意義が、一般動物のそれと、どこが違っているのか分からないのだ。強いてその意義をいえと糺《ただ》されるなら、とにかく『生む為』とより外に答えようがない。君の考え方と似ているようだが大分違う。君のは単なる快楽で、僕のはそのあとのことだ。僕はこの事実に尊いという形容をつかいたくない。しかし最も重大なといいたい。この最も重大な役割を果たす点において、犬の雌は犬並みの、人間の女は人間並みの権利を持っているわけだ。今、僕は尊いといいたくないといった。しかし、基督を生んだマリア、釈迦を生んだ摩耶夫人のことを思うと敬礼したくなる。いや、あの苦しみを以って生み、あの苦しみを以って育てた僕のお母さんのことを思うとすべての女に対して脱帽したくなる。――僕は女性賛美者どころではない。けれど男性万能主義者ではない。その意味で、同じ人間として女を尊敬する。これと真に人間的に付き合うには、――僕にはまた別の考えがあるが、それは向こうに就いて寝ながらでも話そう。成る程女の脳味噌は少し位軽いかもしれないが、脳髄の重いことだけが人間の能じゃあないのだ。人間として幸福な、正しい、清い一生を過すのは、別の問題だ」

西垣はニヤニヤ笑いながら聞いていた。河の音と鶺鴒《せきれい》の鳴く音が響いてきた。石塊の磊々《らいらい》とした小川の橋を通り過ぎた時、この男は呟くように、

「大分女を買っていますな」

といった。千尋は胸に矢が立ったような気がした。彼の言ったことは必ずしも女性賛美ではなかった。しかし悉く頭の中の理屈にすぎなかった。胸の中にはまだ知らない「永遠の女性」が、幻のベールをかぶって、輝くような神々しい唇で笑みかけている。千尋は突然真っ赤になった。西垣は今までの千尋の言葉を全然聞かなかったような、とぼけた、愉快そうな顔で、

「坊ちゃん、女郎買いは面白いですぜえ」と叫んだ。

「わたしゃ女の価値ってあれっきりしか認めておりませんから、そういう眼で見ると素人

娘なんかより、よっぽど女郎の方が味がある。芸者に至っては、何ともいいようがありませんな」

彼は口から吐く息を一段と精力的に白くして、あたかも一大叙事詩を朗吟するがごとく女郎屋の話をしはじめた。

西の雲が切れて、めざめるような青い空が覗いた。黄金色の毫光《ごうこう》が、野の果ての疎林や夕餉の煙を立てている農家の方に夢のような扇を広げた。千尋は軽く眉をしかめていた。しかし西垣のしつっこい脂のような声は彼の耳たぶに粘りついた。彼は青空を眺めながら、ふと遠い昔のむせるような夏草の香りを思い出していた。

中学二年の九月のある午後であった。彼は、友人の関本という少年と町はずれの広い河原の草の中に寝そべっていた。関本は夏休み中に、村の青年に連れて行ってもらった遊郭の話をした。暑い夏の日の光の中に、ぶうんと鳴る虻《あぶ》の羽音を聞きながら、文字通り「童貞」を失ったこの幼い友を、彼は時々盗むように見た。そして級中随一の美少年といわれるその白い頬に、彼は魔睡のような陶酔と倦怠を嗅いだ。が、その帰途彼は関本に対して、来るときとは全然別人のような、そうして間もなく後に絶交したほどの烈しい嫌悪と嘔吐感を覚えた。

沼で氷の割れる音が響いてきた。彼は西垣の声が恐ろしくなった。関本の時のように、ぼんやり聞いてしまって、あとで単に嫌悪を感じるではすまないような心理の危機を感じた。

「……僕は人間的に付き合うといったのだよ。動物的にではないよ」

千尋は、とりとめもなく、弱弱しい声でそんなことを呟いた。しかし二十歳の友人の酔っ払ったような声は絶えようともせぬ。日は翳った。湯村の家々が薄蒼い夕靄の中に浮かび上がってきた。

「君は、今まで何度もここへ来たことがあるの？」

と、千尋は迫った声でいった。これで話を打ち切らねば覚悟があるとでもいいそうな眼の光だった。西垣は驚いたように前方を見上げた。それから千尋の顔を振り向いたまま、暫く考え込んでいたが急に狼狽したような笑いと共に、

「いや何、たった一度、この村に叔母がお嫁に来ていますのでね」と言った。おかげで悪魔の囁きはやんだ。――（中止）――

雪女

一、伝説のこと、水鬼の絵のこと、見れば眼のつぶれる言い伝え。父の性格

二、若い画家夫婦、――坊主の家より養う、檀家頭――法事の蔵に彼入り「雪女」を見る。――夜な夜な聞こえる女の悲鳴、哀しげな、すすりなくような。月夜、火の見櫓の上から月光差し込む部屋に拷問の裸の女を見る。

三、雪ふる、妻いなくなる。画家の説明郷里へ帰らせたりと。下女の小娘だんだん痩せて行く、画家を見るたびに顔色変わる。冬肺炎で死ぬ――最後の声、――「城貝さん（画家の名）――火を握る」

四、話し手帰省推理――蔵の雪よけその下を掘るのは大掛かりなるをもって、おそろしくてやりにくい――画家にかまをかけ、出来れば自首覚悟をさせるが良し、月夜の晩――雪女

五　穴は蔵の中へ――

（注・この「雪女」だけは、直接ノートに書いていったものらしく、最初に一～五までストーリーのすじ立てを五つの箇条書きにしておいて、そこから書き始めたもようである。）

雪女

別に天下に知れ渡った作品というわけじゃあありません。

「貴方、雪女って、知っていますか？」

暗い部屋の真ん中で、火鉢のとぼしい炭火に痩せた両手を差し伸べて、硝子窓越しに、薄蒼い黄昏の空気の中を、ちらちら降る雪を眺めながら、若い画家の蜂谷さんは、思い出したようにふとこんなことを話しかけた。「いいえ、知りません」と私は首を振った。「誰の書いたものか——聞いたこともありませんね」

「うん、そりゃ絵の話じゃないんです。——いや、絵の名前でもあるのですが、わたしの言ったのは、或る伝説のことなんですがね」

蜂谷さんは何故かにやりと笑った。「へへえ、貴方、生まれは確か山形と聞いたが、そんな伝説はありませんかね。わたしの故郷——山陰の但馬には、昔から、そういう名の怪談が言い伝えられています。……」

蜂谷さんは、私の住んでいるアパートの隣へ最近越してきた人である。如何にも画家らしく蓬々たる髪に懐手、風采も豪放にして奇矯、医学生の私とは全く反対の性格ではあるが、唯私が絵というものに少なからぬ興味を持っている——勿論描く方ではないが——という一点で接触してみると性格が違うだけに却って意気投合して、大抵の晩、どちらかの部屋で話し込むのが常であったが、その夜も蜂谷さんの部屋で例の電熱器使用による停電にもめげず、しみじみと北斎論を交わしている中、ふっと俄かに蜂谷さんが雪女なる奇怪な名を口にして、にやりと笑ったのである。今まで真面目な話をしていただけに、青白い雪明りを半面に受けたその笑顔は、一寸デスマスクが微笑したように不気味に見えた。

「——すると、何ですか、雪女ってのは、幽霊の名ででもあるんですか？」

「ええ、まあ、そういうわけです。冬の怪談——いやが上にも寒いやつですが、こりゃ私の生まれた但馬は東北にも劣らぬ程雪の深い土地ですから長い、退屈な囲炉裡端《いろりばた》の話の種の一つにずっと昔から語り伝えられたものでしょうね。……」

「雪女とは、いやに美しい名の幽霊じゃありませんか？」

「ええ、美しい幽霊ですよ。……とにかく、月の明るい雪の深夜、うっかり野や山道を歩くと、白い女の幽霊が、雪の中にじっと立っているのに逢うのです。……その因縁話はね、要するにあらぬ濡れ衣を着せられてむごたらしく殺された女から来ているのですが、――いや、まあ止めましょう。一般の怪談と同じように、話の筋といったら荒唐無稽、まして田舎の鄙《ひな》びた怪談ですから、小説的構成なんぞ、全然なっとらんですよ」

　私は甚だしく失望した。それで、この龍頭蛇尾の怪談を打ち切ったまま、煙草の火をつけるのにかかった蜂谷さんを一寸恨めしそうに見詰めていると、蜂谷さんは、さもうまそうに、一服吸ってから、急に顔をあげて、

「貴方、私の話そうと思ったのは、実はやっぱり或る絵の話なんですがね」と言い出した。

「伝説の方はいつかまた話すとして、今夜はその絵にまつわる近代的怪談を話しましょう」

「へへえ、まだ別にあるんですか？」

「ええ、それはわたしが美術学校に入って間もない冬に、わたしの家に起こった事件なのですが。……こりゃいつ点くのか分からんな。一寸うしろの戸棚をあけて蝋燭を出して下さい。その方が感じが出るでしょう。は、は」

　しかし、蜂谷さんは、冷え切った茶を飲んでぶるぶると身震いした。

わたしの家は、貴方と同じく田舎の医者なんですがね。しかし曾祖父は鳥取藩のお抱え絵師でした。私が親父の厳命にそむいて絵描きになったのは、その加減もあるかも知れません。貴方の方で、そんなのを隔世遺伝とか何とかいうのじゃありませんか？――

祖父は号を水鬼といって、鯉を描かせたら天下一品だった――とまあ、父は言います。作品ですか？

それがわたしの家には鯉の絵なんぞ一枚もないのです。わたしの生れた頃には、まだ三、四幅あったそうですが、それも、よくあるように、散逸して、――そのくせ父は絵の良し悪しなんぞ全く分からないに拘わらず、一種の普請マニアですから、その見地から頗る無念そうに惜しがるのですが、――とにかく今は一枚も残っていません。それで描いたのは鯉ばかりかと申しますと、そうではなく、わたしの知る限りでは唯一幅例外がありました。――それが「雪女」という絵なので、この話の重要なる配役をなすものです。

曾祖父が、どういう経過からそんな絵を描いたものかわたしは知りません。おそらくやっぱり「雪女」という伝説から芸術的ヒントを得て描いたのじゃあないか、――そしてその作品は北斎の幽霊のようにグロテスクなものではなくて、寧ろ鏡花の幽霊のように哀艶惨麗なものじゃないか――とわたしは想像するのです。というのは、実はわたしもその絵を見たことはないのです。覚えているのですが、この絵はいつも二重の虫の食った箱に厳緘して蔵の中にしまってありました。そして外箱は開くのですが、内箱には厳重な封緘が施され、上面に「この絵決して観るべからず。虫食い候とも虫干しに及ばず。一寸たりとも見候者は直ちにまなこ腐り候事」と書いてあるのです。これは一体誰が書いたものか曾祖父自身か、祖父か、或いは全く他の人か――とにかく、はっきり言い伝えられて、この文句に恐ろしい権威を持たせているのは、この絵を描いて間もなく曾祖父が狂い死にをしたという事実なのですね。

この絵は親父も勿論見たことはなかったらしい。この文句に恐れをなしたとすれば、医者にも似合わぬ非科学的な臆病というべきで、――尤も、裁判官だって悪いことをする、職業の性質は必ずしも本人の性格を決定しないものと見えて、親父は絵描きの私なんぞよりずっと頑固で迷信深いところがあるんですがね――とにかく、やっぱり幼い時から、家人にいいふくめられたのが利いていたのでしょう。わたしも、祖母に抱かれたりなぞして蔵に入る時、縷々《るる》、これは開いちゃいけないものだぞよといわれたものですが、薄暗い光の中に、如何にも恐ろしそうに唇をわななかせる化物じみた祖母の顔の記憶が胸に刻みついていて、中学校に入って生意気盛りの年頃になってもその棚の中に埃《ほこり》だらけになって転がっている「雪女」だけは開こうという気にはなれなかった。

で、わたしは中学を卒業すると美術学校に入ったのですが、それほど好きな絵と、この「雪女」と全然結びつけて考えてみもしなかったのは、不思議な話ですが、これはその間に打ち込まれた恐怖があまりに深刻だった為らしい。

先刻一寸申しましたように、親父の道楽といえば、先ず普請で、絶えず部屋の障子をガラス戸に変える、二階に上がる階段の位置を変える、こんなのはまだいい方で、中学時代寄宿舎から帰省するたびに、おもいがけないところに新しい部屋がくっついていたり、それかと思うと次の帰省にはそれがまた、そっくり消えていたり——ちょうど、わたしが美術学校に入る少し前に、土蔵の裏にあたる空き地に二階建ての離れを造りかかっていましたが、わたしが学校に入ったら、その新しい襖に何か描いてもらおうと、倅の志望に不平満々ながら、そんな夢みたいな希望を持っていたらしく、わたしが、襖の絵なんぞと全然無関係な油絵の方に入ったと知ると怒気ふんぷん、わたしは気の毒でもあり可笑しくもあったわけですが、さて夏休みに東京から帰省すると、その離れは無論完成し、その上そこの二階に見知らない若い夫婦が来て泊まっていました。

聞けばそれが日本画の絵描きだとのこと、わたしも少し驚いたり、親父の当てこすりではないかと邪推したりしたのですが、詳しく話を聞くと、別にわざわざ呼んだわけではなく、実はわたしの家は近くの金雲寺という禅宗寺の檀家の筆頭――檀頭というやつなのですが、ここの坊主が絵が好きで、旅回りの乞食絵師がよく宿泊していたものです。この坊主が何か禅宗の方の位を買うのに金がかかる。それで檀家一同金を出してその位を貰ってやったわけですが、一段位が上がると、坊主は何処か遠い滋賀県の方の寺へ、こっちに少し体裁が悪いから、急に夜逃げするように行ってしまい、ちょうど泊まっていた絵師夫婦が――城貝白羊といいました――突然のこととて先のめどがつかず、取り残されて泡を食い、仕方なく壇頭のうちが引き取って当分世話をしてやることになったのだそうです。

もっとも、親父の考えとしては、この白羊先生に離れの襖に何か書かせるつもりだったらしいが、わたしの帰った時には別にそんな気配もなく、白羊の方は庭を掃いたり妻女のお千恵さんの方は縫い物をしたり、――そんなことをやっていました。

どちらもまだ若く、かつ、非常な美男美女でした。――いや、ほんとうに。雛一対と申しますが、ま、そんな可愛らしい品のよさじゃないですが、二人ともほっそりと青味がかったような翳のある似合いの夫婦で、でもわたしは当時筆一管を以って将来日本にルネッサンスの風雲を巻き起こすは乃公《のんこう》のみといった気概でしたから、何へナチョコの乞食絵師めと、白羊先生の方にはろくに言葉もかけませんでしたが、――そうです、只一つ今でも覚えているのに、こんなことがありました。

その夏の或る夕べ、わたしが、同じ村に住んでいる中学時代の友人を訪ねて帰ってくると、庭の中に箒を持ったまま白羊がぼんやり立っています。丁度風のひどく吹いた翌日のことで、庭の草や花は、惨憺《さんたん》と散ったり伏したりしていたのですが、後姿から判断しても彼の眺めているのは、そんな花なんぞではないらしい。わたしが折り戸をあけてもまだ気づかず、一心不乱に何かを見詰めている。……一寸不思議に思って、そっと近づきながら、彼の視野の行く先をたどると、――なあんだ、わたしは思わず失笑しました。くもの網にかかった蝶なのです。美しい大きな蝶が、粘りつく銀色の糸に羽を巻かれてばたばた悶《もだ》えているのです。

わたしの笑い声を聞いて、白羊は意外なほどびくんとした様子で振り向き、顔をあかくして笑いました。

「いや、先刻から眺めているのですが、蜘蛛は実に獰猛きわまる動物ですなあ」

そしてわたしが指をのばして蝶を助けてやろうとすると、彼は「まあ、まあ」と手をふってそれをとめるのです。それで、わたしも一緒になって、黒い大蜘蛛が蝶にとびかかり、足でくるくる彼女の体を廻しながら尻から粘液のような糸をほとばしらせ、次第次第にしめつけてゆく、小さいながらも残忍なこの殺戮の結末まで観察したのですが、今でも忘れられないのは、それを見詰めている白羊の表情です。その頬の色は幾分青くなっていましたが、眼は恍惚とした微笑が浮かび、そしてぎらぎらと輝いていました。

それで、この若い絵師は女のように臆病なところがある。普段は、しんねりむっつりと黙っています。要するに、わたしは、この青白いねばねばしたような感じのする男に余り好感を持つことが出来ませんでしたけれど、妻君のお千恵さんの方には、ちょいちょい、ニキビ面の奥からへんな目付きを送ったこともないではなかった。——今も申しましたようにお千恵さんも、しんねりむっつりと、一日中縫い針の手を動かしているような女でしたが、その透き通るほど白い顔に小さな真っ赤な受け口の唇、何か弱弱しいくせに、男にひどい力を起こさせるようなところがあるのですね。

が、とにかく、二人とも大抵いつも気の毒なくらい、おとなしく陰鬱に黙っているので別に深い交渉を持つ機会もなく、そのまま休暇が終ると、わたしはすぐにまた東京へ飛び出したのですが、わたしが話そうとする「雪女」事件は、実はそれから次の冬休みに、わたしが帰るまでの間に起こったのです。それで、こりゃ、この眼で見たことじゃありませんけれども、話の都合上、ざっとそれを述べましょう。

九月の終わり、祖母の七回忌の法事がありました。こういうことは、田舎では大袈裟ですから、その時も親戚や村の人々が三十人以上も集まりました。

金雲寺の新しい坊主はまだ迎えられていなかったから、よその寺から呼んできたらしい。こういう連中が、襖を取り払った大広間で油っ気のないご馳走を食べるのですが、勿論うちの女中や母だけでは手が廻らないから、近所の農夫やその妻君連中が、臨時に雇われて台所その他で働いていた。その中でお千恵さんはいうまでもなく白羊先生も、尻っからげでそこらを雑巾がけなんぞしていたそうです。

これだけの人数の膳とか食器とか座布団とかは、普段は蔵にしまいこんであるから、皆盛んに蔵と台所の間を往復するのですが、一年のうちで家人以外の者が、蔵に入ったりなんぞするのは、こんな場合だけです。……で、その日の夕方、わたしの小さい時乳母をしていて、今では娘のお絹をうちの女中にあげている、長年出入りの藤が森の婆さんというのが、皿か何か取りに蔵に入った。そして出ようとするとですね、その時まで誰もいないと思っていた薄暗い隅のあたりでコトリと音がした。婆さんがぎょっとして振り返るとそこに白羊の細い後姿が、しゃがみこむようにして何かしている姿がぼんやりと見えたそうです。何かしている、――（はてな?）と首をかしげた途端に、婆さんは白羊の手が、例の恐ろしい箱の封を破って、雪女をひろげかかっているのをみとめたのですね。婆さんは鴉《からす》のような悲鳴をあげた。昔から出入りしているだけにその因縁をよく知っていたからで、――「おめえさま、何するだ！」と叫んで、婆さんは飛び掛り、皿で、その手を打って、雪女を奪い返しました。

「そら、見ちゃ眼がつぶれるってえ恐ろしい宝物だってことをしらねえだか！　ばかもん」

白羊は何か意味のとれぬ呻きをあげて、また手をさし伸ばしましたが、急に真っ赤になって立ちすくみ、三分の一ほど開かれていたその絵を婆さんが眼をつぶって巻き込むのを、震えながら見詰めていたと申します。「すみません。存じませんものでしたから……」

藤が森の婆さんからこのことを聞いた父は青くなり、法事のあとで、火の出るほど白羊を怒鳴りつけました。しかし、知らない白羊が絵の入っているらしい箱を職業的好奇心から開くということも、全く狂気じみた行為というわけではないので、別に彼等を追い出すというところまで行かず、最後に父は「あの絵を見たことによって、心配なのはこちらよりあんただ。まさか眼はつぶれやせんだろうが、あれだけ因縁のある絵のことだから、それを破った以上何か起こらんとはいえん。気をつけられたが良かろう」と、むしろ相手を気遣うもののごとき眼つきで眺めたそうです。で、雪女は直ちに父の手により再び厳重な封が施され、今度はやはり蔵の中の古い鎧箱の中に甲冑と一緒にしまいこまれました。

さて、その結果ですが、無論白羊の眼はつぶれなんぞしなかった。

藤が森の婆さんも、とにかく絵に手を触れただけに気を病んで、一時眼がかすんだとか何とか騒ぎ立てましたが、これは昔から老眼で針の目なぞ通らない方だから、それは神経というものだったのでしょう。ただ、白羊の方で、少し変わったことというのは、細君のお千恵さんですね、この人の左腕にむごたらしい紫色の蚯蚓《みみず》腫れが、蛇のようにはっているのを、その後間もない或る日に偶然女中のお絹が見つけて、どうしたんだと尋ねると、悲しげに夫といさかいをして打たれたのだという。如何に喧嘩とはいえ夫婦の仲であんなにひどいことをするとは、白羊さんも少し気が変になって来たのではあるまいかと、お絹が母に話したという事件くらいなものです。しかし、それで絵師の顔貌や態度が眼に見えて険悪になったと、そういうわけではない。むしろ一層静かに、おとなしくなって――こっぴどく父に叱られて気がとがめたのか、あの日の後間もなく自分から離れの絵を描こうと申し出て、それからは庭を掃くよりひっそりと離れの二階に閉じこもっていることが多くなった。これも変わったといえば白羊の変わった点ですが、これはむしろよく変わったというべきで。

その外には何の異変も生じない。父をはじめ一家やれやれと胸を撫で下ろしたというのですが、……安心するにはまだ早かった。――怪異が起こってきたのです。法事から一月あまりたって、十月も末に近づいた頃から、わたしの家に可笑しなことが起こりはじめなのです。

……

先ず第一に、或る真夜中便所に起きたお絹が、何処からともなく実に気味の悪い女のすすり泣きみたいな声を聞いたというのですね。女のすすり泣きというより、わわわう、わわわう、という、悲しげな、犬の低い唸りのような声で、ぎょっとしてお絹が立ち止まり、闇の中に耳を澄ませると、もうそれっきり何も聞こえなくなった。今のは生き物の声であったか、風の何かに吹く音であったか、遠い空中から響いてきたようでもあったし、地の底から陰々と洩れて来るようでもあった。――とにかくお絹はまるで背筋に水をあびせられたような気がして、そのまま厠《かわや》にも行かず引き返して布団にもぐりこんだというのですが、母はこれを聞いて、それは臆病なお前の気の迷いだろうと笑った。それでそんなことは二度となかったそうです。

ところが、次に、わたしのうちに幽霊が出ると、村で噂が立ちました。その出所を詮索してみたら、村の中に馬鹿竹という笛のうまい低能がいる。これが晩秋の月の美しい夜、火の見櫓の上へ登って笛を吹いていると、それから半町ばかり離れたところにあるわたしの家へ、なんと、幽霊が、——馬鹿のいうことだけに、常識では考えられない奇怪な話なのですが、虚空をゆらゆらと歩いて入り込んで行くのを見たというのですね。なおよく聴きただすと、その入って行ったのは離れの二階らしく、蒼い月光に、朧朧と浮かび上がった幽霊は、髪を振り乱した、真っ白な女の姿であったというのですが、これを聞いて家人たちがまず胸を打たれたのは「雪女」のことであった。……(さてこそ)と思ったら、流石の親父もぞーとして、ある午後、何となく離れの二階に上がってみたそうです。

離れの二階は、一片に少し広い廊下がついて、そのつきあたりに、ベランダとも物干し台ともつかぬものが取り付けてある。その右側に土蔵があるのですが、前の方を見下ろすと、そこは幅三間ばかりの野菜畑となっていて、その向こうに塀、火の見櫓は今申したとおり、半町ばかりの草屋根や甍を越えた彼方に立っています。どうもいかに足のない幽霊でも、この二階へ飛び上がるのは少し奇抜すぎる……と、丁度そらの蒼い晩秋の真昼のことですし、親父は思わず、馬鹿竹の空想を真面目に考えた自分の頭を笑いました。それは、それで済んだのですが、親父はそのついでに一寸白羊の描いてるといった襖の絵の進行状態を見たくなって傍らの障子を開けて入っていった。すると、白羊は仰向けになって寝ていたそうですが、よく眠っているとみえて、身動きもしない。真昼とはいいながら、もう冬も近いのに額に玉のような汗を浮かべて、すやすやと寝息を立てている。襖の絵はと見ると、ずっと前に一度見たきり鶴、雀、雉《きじ》、鶯《うぐいす》、孔雀、おしどり、百羽描くという鳥の原図はそのまま、ほとんど進んでいない。その代り、枕元を見ると、幾十枚の絵が散らかっているのですが、それを見て父は一寸驚いた。それが鳥の習作なら話が分かるが、なんと女、それも縛られている女、つるし上げられている女、のけぞっている女、はりつけの女、火あぶりの女、まさに凄惨な女百態の下絵です。

親父はこの絵と、襖と、白羊の寝顔を呆れたように交互に眺めやっていたが、間もなく、おいおい、城貝さんと呼び起こした。驚いて起き上がり、あわてて座り直した白羊に親父は、襖を描いてやるやるといいながら、真昼間から、ぐうぐう寝て、寝るのはよいがこんな可笑しな絵を描いてどうするのかね、と不機嫌に言った。白羊は青くなったり赤くなったりして、その絵を片付け、襖の方は少なくとも一月《ひとつき》以内に仕上げるからと約束したと申します。これが十一月中旬の話です。

その月の末に初雪がふった。その初雪の降った日の夜から、忽然とあのお千恵さんが家からいなくなりました。もっとも、その前日頃に城貝夫妻こもごも親父の前へ来て、丹後の方に残してあるお千恵さんの母親が、病気で、すぐ来てもらいたいと通知が来たから、明日にもお千恵さんは出発しようと思うといったそうですが、そのお千恵さんが家を出かける姿を誰も見た者はない、ただ忽然といなくなったそうですね。白羊は汽車の時間の都合で少し急いだものですからとか何とかくどくど詫びたとはいえ、非常識な夫婦だと両親は少し気を悪くしましたが、とにかく前の日にこのことは聞いているのだから、これは別に怪事件だとは考えなかったそうです。

ところが、それと前後して、今度は女中のお絹の態度が奇妙に変わってきました。元来非常に陽気でおしゃべりな女だったのが、急に、暗い、黙り屋というより唖《おし》のようになって、たえず何かにおどおどして、顔までが青く頬も落ちてきたように見える。雪はどんどん降り続いています。風邪でも引いたのではないかと、親父が診たが別にそうでもないらしい。藪《やぶ》医者先生、首をかしげている中に、師走も二十日近い頃とうとうほんものの肺炎にかかってしまいました。勿論、うちに責任があるし、第一医者の家ですから、こちらにいた方が都合がよいので、ずっとそのまま女中部屋に寝ていたのですが、或る晩、どうも危険になってきて、親父が、藤の森の婆さんを呼んで来いといった。それでその日のひるまでも来ていた婆さんを連れに白羊先生が雪の中を飛んで行きました。

その間にも経過がどんどん悪くなって、母がお絹の細い手を握り、絹や、絹、しっかり、なさいよ、今おっ母を呼んでくるからね！　と叫んでいると、彼女はしきりと頷いていましたが、急に視線が暗い天井にとまると、じっと動かなくなり、その代わり全身がぶるぶる震えだして母の手を逆にしっかり摑《つか》み「奥様！　あたい、怖い――」といった。

「こわいことはない。治してやる。きっと治るよお絹」

と父が大声で叫んで力づけると、彼女はなお暗い空中を見詰めたまま、

「ああ――お千恵さん……」と息を震わせて言う。あまり思いがけないので、父と母が顔を見合わせると、その時のお絹の顔つきといったら、眼球は飛び出すように見開かれ、唇はわなわなと痙攣し、額に冷たい汗が玉のように滲み出ていたと申しますが、そのまま喘ぐ息を吸い込んで、こう、かすれた声でいった。

「あたい見た。……桐の木……穴を掘る……ああ、恐ろしい」

二人が何、何、と耳を覆うように近づけた途端、お絹は部屋の入り口の方をちらっと見て、意味の分からない猫みたいな叫びを洩らしたが、振り向くと、丁度白羊につれられた藤の森の婆さんが入ってきました。婆さんが駆け寄ったとき既にお絹の息は絶えていましたが、その義眼のように見開かれた瞳には、なんともいえない恐怖の色がありありと残っていたと申します。――わたしが、冬休みで帰省して行ったのは、丁度このお絹の葬式のあった一週間ばかり後のこと、そしてわたしは母から留守中に起こったこれらのいろいろ

の妖しのことどもをはじめて耳にしたわけです。……

さて、これら妖しのことども——とは申しますが、考えようによっては別に妖しくも何ともない、単なる偶然、馬鹿の妄想、非常識、断末魔の幻影などといえばいえますし、それにこれらを連ねる日々は平凡な騒々しい、幸せな生活が猥雑しているので、その中に暮らしている人々はこれから余りに突飛な恐るべき結論を帰納することは出来なかったらしい。雪女を垣間見た人間があるということも、それとこれらの事件とは別にそれほど一見して緊密な連絡があるとも思われないので、たたりというようなことも、大して深刻には考えついてはいなかったようです。

しかしわたしは考えた。第三者の有する冷静と興味を以ってこれらの事件を並べ、連ね、そうして考え——そこから帰納されて出た結論は、何でしたろう。あなた、あなたも何かお考えつきのようですが、まあお待ち下さい。それはもう一つ、私自身登場するつぎの一事件を聞いてからおっしゃって下さい。

とにかくわたしは或る恐るべき結論に達して、ぎょっとなったのですね。その結論が正しいか、間違っているか、それを証明する方法は実に簡単なのです。しかし、わたしはその証明法を自分から言い出して実行するのは、恐ろしくて耐えることが出来ないような気がした。それではどうしよう、わたしは恐怖のため夜も昼も悪夢を見ているようでした。

白羊の襖の絵はその頃やっと出来上がりました。わたしもそれを見ましたが、技術は案外確かなもので、ところどころ一流の人にも引け目のないほど冴えた光りがある。しかし、惜しいかな、全体は死んでいる。鳥の眼なんぞ、どれも腐った魚の眼と大差ありません。しかし、親父は喜んだですね。こうなると、父はせっかちですから、或る夕べわたしにその絵を持たせ、半里ばかり離れた町の表具師にやったのですが、作者の白羊にも何か注文があろうからというので、これも一緒に行きました。

さて、その帰りです。——もう夜はとっぷり暮れて雪は止んでいましたが、月が昇って、虚空に満ちるその光は、重畳と巻きかえる波濤のような野末の山々から立ち上る夜霧のために、朧にけぶり、むしろ地上の銀世界の方が鮮やかに輝いて浮き上がって、雪に包まれた樹、橋、河、路の美しさは神秘と云わんより、むしろ地獄的な美しさで、何とも形容の言葉もありません。

野はしんとして水の音さえ聞こえず、唯二人の耳に響いて来るのは、サク、サク、サク、という互いの藁靴の踏む雪の音ばかりです。

わたしはちらりと白羊の方を流し目に見ました。その秀麗な横顔に、雪の木々の花のような蒼い翳が落ちて、動いています。その外に顔の上を動いているものとてはありません。

わたしは考え続けていました。わたしは、あの結論の正否をためす或る方法を考えていました。もっともそれは、いきなり斧をふるって頭蓋骨を叩き割るような直接的な、原始的なものではなく、静かにぴたりと胸の上から指で心臓を押さえるような方法を。——わたしはその方法を今宵家を出る時から思いついていたのです。わたしは、それを実験してみるのは正に今宵だと決心しました。

「実に美しい夜ですなあ……」とわたしは突然立ち止りました。「満目ただ蒼い月と雪との光の世界……」

そしてわたしは何気ないように、白羊を振り向きましたが、胸がどきどき鳴っているのが自分で分かりました。しかしわたしは、心の中で歯をくいしばり、「城貝さん、あなた御存知ですか？　あの雪女の話を」といって、白羊の顔をひたと見詰めました。

白羊の顔色の変わるのが月の光にも分かった。彼はぽかんと口をあけてわたしを見返した。その眼に燐《りん》のように恐怖の光の点ぜられるのが見えました。「……雪女」と彼はしゃがれた声で呟いた。

「雪女、あれはこういう夜に現れてくるのです。男の残忍性の犠牲となって、虐殺されたあの美しい女は、こういう月夜、雪の野原に現れて、男に恨みを言うのです。……」

わたしは、一語一語刻むようにいったが、その声は広い、明るい夜気に秘み入って、自分の声とも思われません。丁度幼い頃、炉端で聞いた老人の夜語りが甦ってくるような——すると、その怪談の与えた当時の恐怖までが、ありありと、胸の中に再現されてわたしは思わず、叫び声をあげそうになった。

白羊はというと瘧《おこり》のようにふるえているのがはっきり分かる。それっきり、二人は沈黙したまま二町ばかり歩みました。

「——あれは、何です？」

或る土橋の上まで差し掛かった時でした。白羊が囁くようにこういって、急に立ち止まりました。

「あそこを歩いてくるのは、あれは何です？」

白羊の指差した方向をたどると、それは青い雪原の霧の奥から、きらきら魚燐のようにきらめきながら流れてくる水の上——ただ月光のみ満ちた虚空にあたります。わたしには何も見えない。わたしは白羊の顔を不安げに顧みた。その途端彼は、わ、わ、わ、という怪鳥のような叫びを揚げ、それから、

「あれ、あれ、雪女」

と叫びました。その時の白羊の毛髪はまさに逆立っていました。顔色は死人のよう、眼だけ熱病のごとくぎらぎら異様に光っている、恐怖に満ちて、わたしが再び虚空を振り仰ぐとですね、――あなた、わたしも見ました。蒼い海のような月光の漂う中を静かに歩んでくる白い姿を。両肩に垂れ下がる黒髪、唇から垂れているのは、そのひとすじか、または血の糸か、恨みに輝く瞳はじっと二人を見据えて、もうろうと歩みよってきます。

「――ああ、お千恵さん……」

と、わたしが呻いた途端、その影は、すうっと消えた。あとはただもとどおり蒼い海のような月光の漂う虚空です。しかし、わたしは震えている。この恐ろしい凄惨妖麗な幻想の余韻の中に金縛りになっている。……ふと傍らを振り返った。白羊がいない！　愕然として見廻すと、今来た町の方角へ、遠く野道をこけつ転びつ逃げ去ってゆく黒い影がそれらしい。しかし、わたしは追う元気も失せて、唯、茫然とそれを見送っているばかりでした。

「――滑稽《こっけい》なことはですね、わたしは、白羊に或る暗示をかけて、その急所を突き、或る犯罪を自白させようと試みた。小酒井不木の使う〇〇（編集部注・空白のまま）という奴です。ところが、白羊の恐怖を見て逆にわたしが催眠術にかかってしまった。最後の幽霊はもとより幻想でしたろう。しかし、わたしが、彼に自白させようとした或る犯罪とは何であったか、こんなことは問うまでもありますまい。それはお千恵さん殺しです」

と、蜂谷さんはいって、わたしの顔を見た。私はその眼が異様な光を湛えているのを見た。わたしは頷いていった。

「私も、そう感づいていました。そして、その殺人動機は、おそらく白羊のサディズム――或いは妻君のマゾヒズム、または両者の合作だろうと思います」

「それはどういうところでわかります？」と蜂谷さんは急に緊張を解いて微笑しながら、煙草を取り上げた。

「まず、お話でも分かる二人の青白いような美しさ――陰気な性格、白羊が蜘蛛の蝶を殺すのを見ていた顔つき、妻君の腕に出来ていたひどいみみずばれ――女中が真夜中に聞いたという不思議な唸りは、その快楽に悶えるお千恵さんの悲鳴だったのでしょう。――それから白羊の枕元にあった幾十枚の女の絵などからも推定されます」

「では馬鹿竹が見たという、幽霊の説明は？」

「あの空中をユラユラと歩いて離れの二階に入って行く女の幽霊ですね、――そいつは、少し奇抜すぎますね。それだけはあなたの最後の幻想とひとしく、馬鹿竹の妄想に過ぎないのじゃありませんか？」

「わたしはそれもこう説明しました」と蜂谷さんはいった。「勿論、馬鹿竹の、低い脳が描いた幻想の味が多分に加わっていますが、まんざら、根拠のないこともない。……その月のよい夜、白羊がお千恵さんを柱に吊り下げていたのが窓から見えたのか、或いは、お千恵さんが、髪の乱れたまま物干し台へよろめき出て行くのを見たのか――そんな姿を見て、馬鹿竹が仰天したのであろう。――わたしはこう考えました」

「じゃあ、女中のお絹の死については？」

「初雪の晩――お千恵さんがいなくなった。白羊が殺したのです。或いは思いがけずお千恵さんが死んだのです。それを白羊が埋めるために穴を掘っているのを、女中が見たのです。女中が次第にやせて行ったのはその恐怖のためか――或いは白羊に脅迫された恐怖のためか――どちらかでしょう」

「わたしもそう考えました。――じゃ、あなたも白羊の殺人を疑われないのですね」

「ええ、最後のあなたの暗示による白羊の恐れから見てもそれは疑う余地はありません」

「それをつきとめるのはどうすればよいのです？」

「あなたのいった、直接的方法です。つまり、お千恵さんの死体を掘り返すことです」とわたしはいった。

「それです。場所は分かっています。お絹が死ぬ前、桐の木……といった。わたしの家の桐の木といえば、離れと土蔵の間に生えている奴が一本きりですから、……実はその場所が離れのすぐ下なので、白羊がそこにいつもいる以上、傍若無人に掘り返す――雪も大分積もっていましたから――ことが何だか恐ろしくて私がそういう方法を嫌ったのは、その点もあるのですが、――白羊が逃げ去った上はもう恐れることはありません。第一、もう一刻も猶予できる事柄ではありません。わたしはその夜、帰るとすぐに家人と一緒に桐の木の下を掘りましたよ……」

「死体は――まだ腐ってはいませんでしたろう。冬だったから……」

と私は生唾をごくりと呑んでいった。

「ありませんでしたよ」と、蜂谷さんは、ぽつりといった。呆気にとられて、「えっ？」と聞き返した私を見て、蜂谷さんはにこりと笑った。

「死体はもとより骨一片もありませんでした。その代わり……」私は眼をぱちぱちさせて蜂谷さんを見守った。

「その代わり、別の意外な事実が発見されました。そこは確かに固い穴を掘った形跡がある。調べてみると、そこから穴を掘って、土蔵の床下に入り、床を切りあけて、蔵の中に忍び込んだらしいのですね」

「ああ！」と私は或ることを思いついて我知らず叫んだ。

「分かりましたか、これは単なる雪女盗難事件でした。その絵は、鎧びつの中からいつの間にやら紛失していましたよ」

蜂谷さんはからからとわらった。そのとたん電燈がぱっとついて、その白い歯が、貝のように光るのが見えた。

「説明しましょう。これを殺人事件と考えると、一つ妙なことがある。初雪の晩からお千恵さんがいなくなった。しかし、その前日に、いなくなることを自身の口で父たちに告げている。その夜に殺されたというのは、如何にサディズムによる不慮の死とはいえ、あまりに可笑しくはありますまいか？——それよりも、はじめから盗難事件だと考えた方が、ずっと筋がとおります。唯、彼らのいずれかが、性欲倒錯症であったということは、認めなければなりません。私はこう、この事件を推定します」

蜂谷さんは瞑目した。

「白羊は、不思議な絵の世界の探求者だった。地獄の陰火の中にのたうつ美女の顔、血の海の中を這い回る麗人の姿、それが彼にとって神であった。……彼の性欲倒錯はこの異常な画才から来たのか、それともその逆か、いずれにせよ彼は単なる肉体的変質者でなく、それを絵と結びつけ、その絵に全生命を捧げている憐れむべきまた崇高なる画人の一人だった。――その彼が、雪女を見たのです。見たのは半ばとはいえ、その絵に漲る鬼気は、彼の魂を一瞬にひっつかみ、渇ける者が甘露を見出したごとく、闇夜にさまよう者が、極光を発見したような気がしたことでしょう。彼はその絵を欲しいと思った。どんなことがあっても、手に入れ、ゆっくりと見たいと考えた。しかしそれを見ることはできない。蔵に入ることも許されない。かくして彼は夜な夜な蔵の外からひそかに穴を掘り始めた。――――彼が父に襖の絵を描いてやるといったのは、勿論、父の怒りを和らげようとする試み、もありましょうが、この穴掘り事業をし遂げるまでに追い出されない時間をかせぐためでしたろう。……そして彼が首尾よく雪女を盗み出したのは初雪のふる少し前に違いありません。

彼はそれを部屋にしまって置くのにいろいろ不安を感じたものでしょう。他人の家でしかもうちの親父が度々襖の絵の進行ぶりを見に入って来る。では自分が持って夜逃げするか？

それでは家人が変に思ってすぐに追っかけられるでしょう。自分はあくまで襖の絵を完成してから、少しの無理もなく去るべきである。しかし、絵をそのまま持っていて、ひょっと発見されたりしたら万事休す。

絵に対する彼の病的な執念が、そこでひとまず、お千恵さんに、それを持たせて遠いところへやってしまうという考えを生み出したのですね。その一方、白羊は、毎夜毎夜、掘った穴を外見だけでも埋めておく作業をつづけていた。その作業は或いは一晩か二晩か程だったかもしれません。が、初雪の晩に、その土まみれになって、鍬かシャベルをふるっている姿を、女中のお絹に見つけられてしまいました。白羊は狼狽した。これをお絹が家人に告げ、雪女の紛失を発見されたりしては一大事です。丁度その翌日にいよいよお千恵さんが家を出る予定になったが、万一そのどたん場に雪女を摑まえられては、元も子もない。それで、とりあえず、その夜の中にお千恵さんをそっと出て行かせておいた。——ところが、それと、穴を埋める途中に白羊の姿を見たことでお絹は、その後ひょいと或る想像をした。彼が何をしていたか云ってはいけないぞと白羊からおどされたかもしれないし、またお絹はいろんなことでお千恵さんが日頃死の拷問を受けていることを知っていたかも知れない。——とにかくお絹は白羊が、お千恵さんを殺して死体を埋めていたのだと考えた。彼女がその想像の恐怖に責めさいなまれつつ死んだのは事実と考えていいと思います。――それから白羊は大急ぎで襖の絵を完成した。家人はまだ何も感づかない。首尾やよしと、安心したでしょう。ところが、その襖の絵を表具屋へ持っていった帰り、わたしが突然雪女のことを言い出した。わたしは白羊の殺人を暗示したつもりであったが、白羊は窃盗の事実を暗示されたのかと考えた。……

ここでわたしの分からないことがあります。わたしから雪女という一語を耳にした時のあの白羊の恐怖の顔ですね。それから、虚空をさして、雪女が歩いて来る！　と叫んだ時のあの眼つきですね。あれは、わたしの注意を外にそらしておいて逃げるという詐欺師的な魂胆からやったしぐさだったでしょうか？　それも考えられる。しかし、あれだけの――わたしに逆催眠をかけるほどの真に迫った『芝居』が出来るでしょうか？　わたしはあれは、ほんとであったと想像します。白羊はまさしくわたしの見たとおり雪女を見たと想像します。つまり私の暗示、これが効きすぎて――彼の異常な怪奇なる芸術幻想が発現した。それがわたしより一足早く破れて、雪女窃盗のことに心が戻り、そうして転がるように逃げ出したのである。――わたしはこの全事件はこのように推定します。……」

「推定いたしますって、じゃあ、真相は――白羊はそれっきり捕まらなかったのですか？」

「ええ、警察へも届けませんでした」

「すると、雪女も永遠に紛失したっきりなのですね」

「そうです。家宝といったって、珍重して床の間に飾れるわけでなし、誰にも見せられない、家人すらも見ることが出来ない家宝なんて何になるものですか?——

それに恐るべき家宝でした。親父も勿論惜しい気はしたでしょうが、それより疫病神が逃げ去ってくれたような、ほっとした安心を感じたらしい。わざと、警察へ届け出なかったのは、そういうせいもあります。——これで、わたしの近代的怪談が大尾を告げるわけで、——どうでした?」

「いや、面白うござんした。……しかし、一杯食わされたなあ。いや、勿論事実談なのでしょうが、——わたしもその雪女の絵見たかったですな」

「いや、見ない方がよござんすよ。ろくでもない。たたりがあるかないか——それを見た人間の末路はまだ分からないのですからね。白羊先生、今どこで、どう暮らしていることか……」

蜂谷さんは、さらさらと窓に鳴る夜雪に耳を澄まして、それからいった。

「果たして、美しいお千恵さんは、無事で生きているか。……わたしはあの蜘蛛の糸にかかった蝶の姿がいつまでも忘れられないのです。……」

朝馬日記

朝――例の如く親方と町へ行く。町へ行けば大きな車が、取り付けられて、一日中ほこりの中を走りまはらねばならぬ。だから、おれに取っては、此の村から町へ――の時が、散歩時間とも云ふべき、最も楽しい時なのである。

家を出る。日はまだ出ない。

村の黒い閉め切った家並みの間から、空はうす青くすみわたって居る。地には白くつめたい霧がはふ。地面はいつの間にか、黒く、しっとりと、ぬれて居る。おれは、その霧をふみしめて悠々と闊歩する。蹄の音が青い天に、かうーん、かうーんと反響する。村をぬけた。少し田が水を湛える。陽盛りにはよく青蛙がなく所だ。水の音が聞こえる。何と云う溌剌のひびき。ガラスのように清らかな石橋を渡る。かつかつと響く蹄の音は、到底おれの足の先から出るとは思はれぬ。

ふと人影が浮かび出る。足は霧に消えて居る。

「おぅーい、つねさんか」と親方がよぶ。

「そうだよぅ。――おめえも早えこったのう」

「あの件はどうなったい」

「いやぁ、相変わらず、しかたのない奴よ」亦、人間共がつまらぬ話をはじめ居る。

おれはそばの草むらへ首をつっこんで、むしゃむしゃやり始めた。露を含んだ青草のうまさよ。

おれには、生活難だ、くびだ、パンだと、青くなってさわぐ人間と云うものがわからない。現に其処に居る常さんの髭の何とさむざむとして居る事よ。

「まあ、いいや、今の中に、遊ばせて置くさ」と親方が言って居る。鼻からけむりが、すーっと出た。

「けんど、親の身にもなって見ろ。いくら言っても、馬耳東風というやつだからなあ」

おや乙な事を言ったな。馬鹿――いや阿呆にするな。馬だって春風の味ぐらいわからあ。一体、二口めには、馬だ牛だと、言う人間はどうだ。自分たちではどう思って居るかは知らないが、俺は決して、人間などに負けはしないと思っている。少なくとも、ぐうたら息子に頭を振り回して、はっぴ姿で、はしりまわって居る、おじさんよりは。

おれは、かう思ったから、草から顔をあげるといきなり、高々といなないてやった。

ぽっと東に紅色がゆらぎでる。親方と常さんの影が倒れる。気が付いてみると、おれの影ものびて居る。

「ぢゃあ、まあ、しっかりやるんだな。いい加減遊ぶと、あいて来て、働くやうになるもんだ」

「ありがたうよ。まあどうにか、ならうかい。――じゃあ、あばよ」日はみるみる橙色に、にじみ渡ってゆく。傍のみどりが、ぬれた背を見せて、てらてら光って居る。だいだい色の中から、さあーっと射して来た。

朝！　かくして馬の世界は明けた。人の世界も来た。

また、かつ、かつ、と歩き出す。振り返って見ると、常さんは未だ、橋の袂に立って居る。少し可愛そうになった。だから人間は、いやだと云ふんだ。おれは馬でも、まだ親泣かせをした事はない。少しは馬でも見習ふがいい。

風匂ふ並木に入る。すみ渡った太陽の光は、並木の厚い葉をすかして、鮮やかな、緑色の光線を投げかける。みどりの斑が、親方の足から腰へ、肩へとはひ昇って行く、緑色のそれは、頭へ達すると、光となつて、かすかにゆれる。親方の頭がみどりになり、眼には見えぬ光が、親方の全身から、あふれ漲り、それも緑に、燃え上がるかとさへ思はれる。すがすがしい青葉のいぶきを一息吸ひのこして、その青い長い筒をぬけでる。

そよかなる六月の微風。

何と言う明るい景色！　生れたままな、あけっぱなしな素朴な、みずみずしい真実の自然の景色が眼の前にひろがっている。

明るい円天井の下でお百姓は鍬を振り、遠くの農家の障子には、黄色な斑が、うらうらと、動いていている。

鶏や犬の声が聞こえる。子供は、走り、雀は至る所につばさを光らせて、飛んだりかじりついたりしている。燕は流れ鳶は浮かぶ。牛がなく。ぴちぴちと元気に、あふれるやうな声である。この間、息子が、病気で困つたといつて居たが、どうしたらう。「おい」と呼ぶと「おかげさまで」とわらつた。

そいつあ、いい――またぽかぽかと田圃道。親方の煙管からゆらゆらと黄色な煙が上ってゆく。おれは先刻の牛の笑顔を思ひ出して、くすりとわらった。だが考えて見ると、おれの笑った顔もそう立派なものでもない。――何にしてもいいお天気だ。日輪が素晴らしい速さでくるめき昇って行く。

それを背にうけてステッキを振って颯爽と、くる奴がある。鳥打帽の下に金縁眼鏡を光らせて。何だかいけすかない奴だ。

「あ――あゝ、ほんとに今日は絶好の日曜日和だなあ」

あくびの、ついでにいい気な事を云ふ。また日曜日を利用して、村の山をはい廻る奴だろう。近づくにつれていよいよ癪《しやく》にさはる人相だ。プーンと臭《くさ》い頭のうしろに、安物の銃が、キラッと反映する。おれはいきなり、その前に顔を突き出してやった。一体おれは、顔の方は、あまり自信がもてない。その見よくもない顔をすれちがひざまにゆらりと突き出したから、果たして金ぶちが飛び上がった。「へいへい、これはどうも」親方がくすりと笑ふ。甚《はなは》だ痛快である。

あんな奴が居るから、おれやお百姓の働きが無になるんだ。日曜日には遊ぶのを義務のやうに考へて居るらしい。そのくせ何だと理屈をこねるのはあんな奴である。なるほどみれば、煮ても焼いても食えぬ金魚づらをしている。――ようし、天にかはつて、こらしめてくれる。さう思ったから其処におちて居た泥まみれのステッキを力一杯、踏んでやった。――

俺が暴れだしたと思つたのであらう。やつこさんステッキはそのままにはゝはゝの体《てい》で逃げて行く。いよいよ痛快極まる。

親方のきせるが腰にはさまれると、やうやく路が広くなった。ボーッと汽笛が鳴りわたる。見渡す青い田の遥か向ふに真黒くなつて揚がる街の煙が見えて来た。

いよいよ街である。

いよいよおれの日課も労働へ入る。


（了）

話せる奴

一

成瀬検事殿。

減刑嘆願書というものを、こういう形式でかいていいものやら存じませんが、目下お取調べ中の西大泉町の殺人事件について、ぜひご参考までにきいていただきたいことがあり、なれぬ筆をとる次第でございます。

私はD製薬会社の課長をしているものでございますが、右の殺人事件の加害者被害者と中学時代の同窓であるのみならず、いまにして考えると、今回その両人をそのような悪縁でむすびつけた遠因は、私にあるように思われ、いよいよひとごとではないと感じるのでございます。ご多忙中、たいへん恐縮ですが、どうぞおききとりねがいとう存じます。

二

宇多泰蔵が私のまえに姿をあらわしたのは、去年の初夏のことでありました。ちょうど日曜日で、家内は子供たちを連れてデパートにでかけ、私ひとりプロ野球のテレビをみているところに玄関のベルが鳴り、出てみると宇多が立っていたのです。

「やあ」

と、私には、すぐにわかりました。中学時代から、なんだか禿《は》げあがったような感じのあたまが、いよいよ禿げ上がったなと思った以外は、全然変わってはいないと思いました。

「久しぶりだな、あがれ」

「うむ」

と、彼は笑顔も見せず入ってきました。ゆっくりと家じゅうを見回して、

「奥さんは？」

「留守だ。――ウィスキーでものむか?」

「うむ」

こうかくと、一、二ヶ月見ない友人がやってきたようですが、宇多にあったのは、ほとんど二十年ぶりなのです。

つまり中学時代以来、そのあいだ全然空白だから、こんな調子だけは中学時代と同様のあいさつができたのです。といって、中学生のころ、私は彼と、それほど親しくつきあっていたわけではありません。百五、六十人かいたクラスメートのひとりにすぎない関係でした。彼は陸軍士官学校に入り、私は商大に入りました。それっきりです。

それに、そのころ陸士に入った生徒は、ほかにも六、七人ありましたが、どういうものか皆共通した或る感じ――よくいえば、質朴で、ごつい、いかにも男性的な感じ、わるくいえば融通がきかなくて、頑固で、ひとりよがりな感じがあって、そのグループと私は肌があっていたので、ふだん話もあまりしなかったくらいです。

いちばんながく話をしたのは、二十年ぶりであったそのときがはじめてかもしれません。宇多は大尉までいったらしいのですが、復員後、故郷の村にひきあげて、何か漁網を製造する工場などはじめたものの、しだいに大企業におされて、とうとう工場をたたみ、数年百姓をしたのち、最近東京へ出てきたというのです。もちまえの重い口のせいばかりでなく、あまり話したがらない調子で、それでもそれだけのことをぽつりぽつりしゃべりました。

「奥さんは？」

「別れた」

と、彼は陰鬱に笑いました。いま、或る電気器具会社の外交販売員をしているというのです。

そういう話を聞く前に、最初一目見たときから、彼がいま決して豊かな状態にないことは、そのすりきれたような背広から直感できました。私は彼の訪問の目的を感づきました。そして、ウィスキーなどのませはじめたのを少々後悔しました。

長年わかれていた友人と逢ったときには、はじめ変わったようにみえてもだんだんむかしの面影が浮かび出てくる――という常識とは反対に、中学時代と変わらない、と思ったのは最初の印象だけで、しばらくむきあっていると、おたがいに四十男にちかづきつつあることがよくわかりました。宇多はがぶがぶウィスキーをあおります。戦争の話などしていると、目付きがだんだん凶暴になって、禿げ上がったひたいは黒いたこみたいに、てらてらと光ってきました。そして私に、兵隊に入ったかときくのです。

「いや、内地だけですんだ。三年二等兵で、ひどい目にあったよ」

「それはよかったな。おれは支那、シンガポールからニューギニア、ガダルカナルまでいった」

そして、胸のおくそこからの感慨のように、

「一番ひどい目にあったのは、まずおれたちだろうな」

「しかし、あのころの陸士出の将校なんてものは、まるで神様だったぜ。こっちは人間扱いじゃなかった」

「いいや、最大の犠牲者はおれたちだ！」

と、彼はきめつけるように、断固として叱咤しました。

「世渡りの勉強など、全然せんかったからな」

そんなことをいえば、おれだって商大に籍はおいたものの、勤労動員と召集で、ほとんどいまの常識ではかんがえられないような大学生活しか受けなかった、と私はいってやりたくなりましたが、グラスのウィスキーの泡をじっとのぞきこんでいる宇多の石のような姿をみると、私はだまりました。彼が戦争以来不幸つづきであるらしい、理由がわかりましたし、その意味でたしかに彼も戦争犠牲者のひとりにちがいないのです。

話してもわからないらしい。――と思うにつれて、私は予防線を張りはじめました。彼のウィスキーもきりあげさせたかったのです。

「君は、中学時代、だれと仲がよかったのかな」

「さあ、だれだっけ。君ではなかったね」

「速水は？」

「うん、あれは汽車通学で一緒だったな。なんだか、フワフワヘラヘラした奴だったが、生きてるかね」

「生きてるどころか、いまは小説家だよ」

「へっ。小説家？　あれが！」

と、彼はさすがに頓狂な叫びをあげました。

「あんまり有名じゃあないが、こんなマスコミ時代だから、こっちみたいな安月給とりとちがって、なかなか景気よさそうだぜ」

「同窓会名簿で、君の住所も知ったのだが、あいつの住所はなかったぜ」

「そんな連絡は、あいつずぼらだからね。それにペンネームをつかってるし――あいつ、小説家になっていることをね、みなに知られるのをはにかんでいるところもあるんだ」

私は速水のペンネームをいいました。宇多は、

「しらないな」とくびをふって、

「三文作家だから恥ずかしいんだろう。それで、いま、どこにいるんだ」

「練馬区の西大泉町というところだ。年に二、三回は、むこうがぶらりとやってきたり、ぼくも一、二度いったことがある。あいつにはもったいないようなきれいな奥さんをもらって、やにさがってるよ」

彼は、ポケットからノートを取り出して、速水の住所をかきとりました。

「まだのむか？　女房がいないので、どうすることもできんが」

「奥さんは、まだなかなか？」

「いや、もうかれこれかえってくるだろうと思うが――」

「奥さんのいない方がいい。君、すこし金をかしてくれ」

案の定、彼は切り出しました。私がちょっとだまっていると、

「どうしても二万円要ることがあるんだ」

私の表情など、全然みていない思いつめた眼つきです。ともかく同郷の同窓生なのですから、私はことわれませんでした。

「五千円くらいなら、何とかなるが……」
「それじゃたりない。……しかし、五千円でもいい。是非たのむ」
彼は私から五千円をひったくって、「じゃ」といっただけでかえってゆきました。

三

三日ばかりたつと、彼から速達のはがきがきました。借りた金の礼状かと思ってみると、「あと一万五千円、表記の住所に、速達でおくれ」という意味の文句がぶっきらぼうにかかれ、住所は埼玉県の或る町になっていました。私はあきれかえって、とりあわないことにしました。そして、ずいぶん勝手な奴だな、と腹をたてました。あとでは、堂々たるものだと少々おかしくなりました。

四

成瀬検事どの。——

しかし、私のおききねがいたいのは、宇多泰蔵よりも、もうひとりの友人速水伸介のことであります。といって、いま申したように、彼と、そうひんぱんに行き来していたわけでなく、私も文学とはほとんど無縁の人間なので、彼の小説も、二、三度読んだにすぎないのです。彼を、それほどよく知っているとはいえないのです。

そもそも、私には彼が小説家などになったということが、宇多同様に意外なことでした。中学時代もそれほど勉強家だったという印象はないし、宇多の表現ではありませんが、たしかにヘラヘラフワフワした人間でした。その頃、いまになっていちばん記憶にのこっているのは、通学の定期券に女学生の写真をいれているのが評判になり、宇多などの剛健党に鉄拳制裁を受けて悲鳴をあげていた光景くらいです。ただ、記憶といえば、私はいまだかつて彼の怒った顔をみたことがありません。

どちらかといえば、滑稽な人物として印象にのこっていた彼が、小説家になったときいて、はじめ私は、小説家というものをばかにしたくなったくらいです。あんな奴でも小説がかけるのか。——もっとも、まったくのところ、世間的に有名な作家ではないようです。

しかし、いまから思うと、彼には、私などの全然およばない特質がありました。それは、実によく相手の身になってかんがえるということです。いちど、めずらしく私に文学の話をしてくれたことがありました。

「ドフトエフスキーのえがく人間は、聖者でも売春婦でも、ことごとくドフトエフスキー自身のひかりをおびている。ところが、トルストイのえがく人物は、将軍だろうが、人妻だろうが、少年だろうが、まったくそれ自身になりきっているよ。トルストイは、対象そのものに没入してしまうんだ」

「それじゃ君は、トルストイ型作家だな」

「いや、おれはドフトエフスキーの方が好きなんだがね」

速水がどんな型の作家かどうかは疑問として、彼の「相手に没入する」性質をあらわすいくつかの――少々滑稽な話を二三思い出します。

速水は、いつも女に惚れられてこまるようなことばかりいっていました。いくら作家でも、ちっとも有名じゃないし、近眼鏡のおくで眼をショボショボさせている彼が、そんなはずはないと思って、いちどだけふたりで酒場へいったことがあるのです。すると、一時間もたたないうちに、彼のまわりには女がへばりついたままになってしまいました。彼が面白い話をするからではありません。彼はむしろ聞き役なのです。

「相手の身になってきいてやるんだ。コツはただそれだけだよ」

と、彼はあとであごをなでなで、とくいそうにいいました。そういわれればそうかもしれませんが、その聞き方に、彼の微妙なコツがあるらしいのです。

そんな彼の家に、女中がいつかないのがふしぎでした。細君だって、実にいいひとです。みるからに聡明で、貞淑で――速水のいう、女を手にいれるコツを、こればかりはうらやましいとかんがえざるを得ないような奥さんでした。それなのに、彼の家に、女中が半年といたことがない。――

一度、彼の細君がこぼしたことがあります。

中学卒業程度の娘をさがして、一室もあたえ、食事もおなじものをたべ、休暇もやる――という待遇をするのですが、とにかく最初の娘は恐ろしい怠け者で、ひまさえあれば炬燵に入って少女雑誌を読んでいる。細君の方が台所であとかたづけをしているのに、じぶんはテレビを見て、げらげら笑っているという始末です。自分の押入れのなかをいくらいっても汚れ物でいっぱいでもへいきだし、しょうがないからかえってもらった。二番目は、洋裁か何か習いたいというので希望をかなえてやったのだが、これは怒りん坊で、ちょっと注意すると、じぶんの部屋にとじこもってしまって、ご飯ですよと呼んでも出てこない。

果てはどういう了見か、もうひとり女中をやとって、じぶんは全面的に学校へやってもらいたいという要求を出してきたので、いったい何様にいてもらうのかわからなくなって、これもかえってもらったというのです。

「それは教育がわるいのですよ。やはり、十六、七の娘なんだから、しつけが大事で――」

と、私が笑い出すと、奥さんもかなしそうに笑いながら、

「それをあたしがしようとしても、速水がそばからやらせないのです。あの年ごろは、あんなものだ。親のところをはなれて、ひとり奉公にきているんだから、そこをよくくんでやらなくちゃいけないって――それでつけあがらせてしまうんです」

そして、つぎには書生をやるからという条件で、速水の遠縁の大学生を置きました。これは速水の縁つづきなので、奥さんは何もいいませんでしたが、私の行ってみたときには、細君が庭の草をむしっているのに、大学生はそばの縁側にひっくりかえって、ギターをひいていました。

さすがの速水が、「いまの若いものは、要求ばかりして、義務は全然感じないらしいな」とこぼしたくらいだから、何かあったのでしょう。

「相当ドライかね」ときくと、彼はしばらく考えていましたが、

「何、おれたちの若い頃とおなじことさ」

と、ひとりでうなずきました。

「ドライという表現はこのごろ出たものだがね、要するに、非常に合理的だということだ。理屈は合ってるんだから、むこうのいうことにまちがいはないんだよ。ただ世の中には、理屈ばかりではゆかないことが多いのを、彼らは人生経験が浅いものだから納得できないんだ。そこの衝突を、むかしの大人は問答無用とねじ伏せたが、いまの大人は——やっぱりきいてやらなくちゃいかんな」

「このごろ、すこしみんなきいてやりすぎるんじゃないか」

「りかいすることは、ゆるすことなり、か、おれの怒れないのは、そのせいかもしれん。とにかく、いまの若い者は不幸じゃないね」

速水の言葉に、皮肉のひびきはちっともありませんでした。いちばんおかしかったのは、彼が突然、

「君、膝臥位の経験があるか」ときいたときです。

「シツガイ？　何だ、そりゃ」

「シツガイとは、女性が膝をたてて伏し、一方、上体は上腿と直角、或いは軽度の鈍角とな

すような姿勢である。上体は水平にのばされ、手或いは前腕でささえられるか、或いはそれに相応した高さの台をもちいる。或いはまた背筋から頭部にむかって上体を傾斜させ、肘と肩で平らかな床の上にささえることもできる。そしてこの際に、上体はまっすぐにたてられた上腿と鋭角をなしている。……」

彼は、法律でも読みあげるようにいいました。

「なんだい、美容体操か」

「性交体位のひとつだがね」

きいてみると、彼はヴァン・デ・ヴェルデの「完全な結婚」を、ページにしたがって実行しているというのです。

「ときには、どうしていいかわからぬこともある」

と、憮然としていうのには吹き出しました。

「そりゃ、奥さんの要求かね」

「むこうからの要求というより、こっちから察してやるべきだ。どっちもいつまでも新婚じゃないのだから。――君だって、もうそろそろ中年だ。そういう研究をしてみないのは、とりかえしのつかない不幸のもとになるよ」

「ばかな、曲馬団の夫婦じゃあるまいし」

「ばかにしてはいけない。人生で、いちばんだいじなことのひとつじゃないか。ヴァン・デ・ヴェルデのなかにかいてある。夫が妻をして無知蒙昧なままに放任しておくということは、妻にとって、専制、暴力、残忍性などより、はるかに苦痛なものである。というのは、後者は目にみえ、明白なかたちで、しかも時たまにおこるにすぎないものであり、これに対して、放任は、目にもみえず、手にとらえることもできぬ不幸である。そして、時とともに日とともに、一生のあいだ妻をむしばみつづけるのである。――おい、君がいえなきゃ、ぼくから奥さんにきいてあげようか。奥さんは、いまの性生活に満足していますかって」

「よしてくれ、御免こうむる。そんなことはきいてくれなくったっていい」

と、私は狼狽しました。そして、この男が女心を掌握することのうまいのを思い出して、いささか危険性をもおぼえました。

「これだから、小説家を友人にもつのは考えものだ」

五

その速水のところへ、宇多がいって、そのままますわりこんでいるということをきいたのは、去年の秋のことでした。速水がやってきて、はじめて知ったのです。

「へえ、いつから？」

「この夏から。――そのまえに二、三度、金を借りにきたがね」

私は少々うしろめたい思いがしました。速水のところへゆけといわんばかりにその住所をおしえたのは、私だったからです。

「実は、この五月ごろ、ぼくのところへもきたんだが……君のうちに居候をしているとはおどろいたな。だいぶ、変わったろう？」

「なに、むかしとおなじだよ」

「そうかね。戦争でずいぶん変わったようにみえたが。相当ずうずうしくなったとは思わないか」

「人間というものは、先天的なものが、七、八分、あとの二、三分は幼年期に決定するというのが僕の持論で、はたちすぎてからの戦争なんかじゃ変わらないよ」

「それじゃ、あれがあいつのもちまえだったのかな。おれはそれほど親しくもなかったのに、速達でカネオクレとやられたぜ」

「まあ、金は借りにゆくより、借りられる方が幸せさ。おれも若いころ、ひとに金を借りにゆくときのつらさは身にしみているからね。ましてや、いまの年になって、ゆくところもないなんて、当人がいちばん憂鬱だろうよ」

「そりゃそうだが、そうひとさまのことを同情ばかりしてはいられない。女子供じゃあるまいし、――宇多は電気器具会社にはいってるのか」

「いや、やめさせられたらしい」

「それじゃ、いったい何をしているんだ」

「まだ何もしてはおらん。そうそう、小学校や中学に皿を売って、子供に何かかかせて焼き付ける商売をするから、資金をかしてくれというから、すこし出してやったことがある。その後、その商売がうまくいったのかどうか、あいつ、むっつり、だまっているからよく知らん」

そして彼はため息をつきました。

「あいつも陸軍大尉までやって、子供相手の皿売りをしようとは思わなかったろう。軍人以外の人生はないとかんがえていたろうから、きのどくだよ」

「それはわかるが、戦争がすんで、もう十何年かたってるんだぜ、老将軍じゃあるまいし、もうあいつの責任だよ。このまえうちにきたときに、戦争の最大犠牲者はじぶんみたいなことをいってたが、軍人をえらんだのはあいつ自身じゃないか。そんなものは望みもしないのに、赤紙一枚でひっぱり出されて、虫けらみたいに戦死していったものにくらべりゃ、不平をいう余地はないよ」

「われわれの立場からみたらそうだが、宇多にすれば、もっと運命的な悲哀をかんじてるんじゃないか。その軍人を選択したことだって、自発的とは必ずしもいえない点もある。あのころの風潮を思うとね」

速水とこんな問答をはじめると、速水が相手にのりうつるというより、相手が速水にのりうつったようなもので、もうとめどがありません。

「きみはいいが、男ばかり三人ごろごろしてりゃ、奥さんがたいへんだろう」

「男三人？　ふたりだよ」

「大学生の書生さんがいるじゃないか」

「ああ、あれはこないだ、宇多が追い出した」

「宇多が——」

「ふたり、喧嘩をはじめてね。学生が、いまのじぶんたちより、われわれの世代の方がもっと幸せだといい出したんだ。あなた方の世代には、たたかうべき対象があった。じぶんたちには、その対象がない、まったく空空漠漠として、何に人生の目的をさだめていいやら分からない。——」

「何いってやがる。たたかうべき相手がないって、たたかうことがどんなに酷烈なことか知らないくせに——知らなけりゃ、どれほど幸せか知れやしない。人間、ぜいたくを言い出したら、きりがないものだね」

「どんなに苦しくっても、いまのこのヌラヌラした壁ばかりにふさがれてるような社会よりゃましだというんだがね。青春の精神にかえってみりゃ、そうかもしれない。——」

速水が長髪を書き撫でながらいうと、ほんとうにこちらもそういう気になるからふしぎです。

「それで、宇多が怒ったのか」

「うん、学生の方が、戦争にまけたのはいいとして戦後そういう社会にしてしまったのは、すべて戦前派、戦中派の責任だ、など、調子にのって弁じたてたものだから、それまで一語もいわずだまってきいていた宇多が、おまえ、たたかうべき相手がそんなにほしけりゃ、おれが相手になってやろう、といって、一発張り飛ばしたんだ」

「へえ」

「そしたら、学生は、これだから戦中派はだめなんだ、とか何とかいって、その晩のうちに荷物をまとめて、ぷいと出ていったよ。宇多の怒るのも、一理はあると思うが、すこし可哀そうだった」

「大学生は、君の親戚だろう。宇多も理屈はともかく、居候のくせに、いい度胸だね」

「なに、親戚ともいえないような縁つづきだからそれはかまわないが、それについて君にたのみたいことがあるんだ」

速水はちょっと困惑し眼鏡の奥で目をしばたたきました。

「宇多は――ぼくは何とも思っていないんだが、女房がきらってね」

「やっぱり、そうだろう」

「世話するのをいやがるというより、いつもだまって座ってて、きみがわるいというんだ。だいぶぼくもしかってはやったがね。女房のこわがるのにもむりもないふうもある。性があわないというのか——女房がだんだんヒステリックになってくるのに、あいつはけろっとして、何にも感じないというようなところがあってね」

「鉄張りの面の皮か」

「軍人あがりだからやむを得んが、女の感情なんてものに全然不感症なんだよ。それでだ、まことにすまないが、君、ちかいうちにぼくのところへきて、あいつにどこかへゆくようにいってくれないか」

「それはいってはやるが……君からは何もいわないのか」

「それとなく切り出してみたが、あいつだまっているんだよ」

「ぼくにもあいつのきもちはよくわからない。やっぱり戦争ですこし異常をきたしてるんだよ。よし、それじゃあ、そのうちぼくが話しにいってやろう」

私は、速水よりも、あの美しくしとやかな奥さんのために憤慨しました。

しかし、速水がかえると、私は急にその用件がおっくうになりました。あの宇多の依頼状を、いかに虫のいいものにしろ、無視したままになっているのも具合がわるかったし、だいいち、話をきけばきくほど宇多の鉄面皮が底しれないもののように思われ、その顔をみるのも不愉快になり、果ては、何もしないうちにへんな無力感におそわれてしまうのです。けれど、いま思うと、すべては私の卑小なエゴイズムからきた怠慢だったに相違ありません。

そして、あの初冬の——思いがけない悲劇の知らせをうけたのです。

六

ほうっておくことは、良くないな——とは、むろん承知していました。しかし、その悲劇の内容が、あのように意外なものだとは、まったく予想もしませんでした。

速水が宇多をナイフで刺し殺すなどという行動に出たことも、私のしっている彼の性格からおもいがけないことですが、それもじぶんの細君と宇多との姦通の現場を発見したショックからだといえば、無理からぬ気がいたします。しかし、宇多がいちど肩を刺されて、にげればにげられるのに、

「話せばわかる」

と、さけび、そのつぎに、はだかの胸をむけて、

「きみの怒るのも、よくわかる」

と、うなずいて殺されたという話は、実に意外でした。人もあろうに、あいつの口からそんな言葉をきこうとは！　しかし、よく考えてみれば、いかにもあいつらしい図々しい言葉ではあります。

しかし、なんといっても私に衝撃をあたえたのは、あの奥さんが、速水がつかまっていった夜、自殺し、しかもあの恐ろしい遺書をのこしていったということでした。その内容をきいて、私はふるえあがりました。

「わたしはあのひとに誘惑されたのではありません。どちらかといえば、わたしの方から誘惑したのです」

という言葉があったというではありませんか？

「わたしは、結婚以来十年間、いつもたったひとりぽっちで、うすくらがりのなかに立っているような気がしておりました」

という一節があったそうではありませんか？

「そのことは、このごろ初めてわかったことです。わたしはあのひとと、はじめて魂がとけあうのを感じました。決して肉体的な欲望からのみむすびついたのではありません」

あのひととは、速水ではないのです。あの虫のいい、図々しい、陰鬱で横柄で、色が黒くて額の禿げ上がった、海坊主みたいな宇多なのです。

あの清楚で、貞淑な奥さんを、こんな理解不可能な遺書をのこすひとに変えたあいつを、私は心からにくまずにはいられません。いったい、秋から冬にかけて、速水家の内部で、どんな日が経過したのか、私は何が何だかさっぱりわからないのです。


成瀬検事殿。――

私がこのような減刑歎願書を出すまでもなく、速水が死刑になるなどということは、金輪際ありますまい。私が速水の刑を軽くとお願いしたいのは、それよりも、彼にあの遺書を、どんなことがあってもお見せくださらないように申し上げたいのです。

何でも話のわかる彼にも、あの遺書だけは永遠にわからないにちがいありません。わからないままに、あれは彼のすべてを根こそぎにせずにはおかない、死刑以上の宣告書なのです。

しかし、ひょっとしたら、速水が宇多を刺したのは……この遺書をかくまえの奥さんの魂に、そこにかかれてあることとおなじものを感じとったせいかもしれません。恐ろしいことですが、もしそうだとしたら……速水はこの遺書をよんでも「わかる、おまえのいうことはよくわかる」というかもしれません。……

日本合衆国

1

S・Fをあまり読んだことがないので、原理的にタイム・マシンに乗って未来へゆけるものかどうか知らないが、それほど遠い未来でない将来に、日本は日本合衆国になる。……いや、アメリカの一州になるという意味ではない。

どういうことかというと、世界は多極化し、家庭は核家族化する潮流に乗って、日本という国そのものが分裂して、めいめい自分の好きな国を作っちまうのである。

だいたい一億もの人間が、むりに気をそろえて一つの国家を作っている必要はない。人口からいえば、カナダだって千九百万である。オランダだって千二百万である。スウェーデンだって七百六十万である。スイスだって五百五十万である。デンマークにいたっては四百六十万である。かりにこの五カ国を合わせたって、日本の半分にも足りない。それどころか東京以下の人口で、ちゃんとうまくやり、それどころか、日本以上の高級で優雅な国家を作っているのである。

そもそも人間の世界では、真理は無数にある。真理《しんり》が一つというのは科学の上だけのことであって、人間の世界では、自由主義も真理なら、共産主義も独裁主義も真理である。だから現実にさまざまの政党があるのだが、自分が支持する政党の反対党が勝ったからといって――これに服するのも一つの真理だが――服さないのも一つの真理である。その上、自分が支持するといっても、だれもその政党のすべての政策を支持しているわけではない。それについての昏迷を各政党に抱きつつ、大局的に、というより事実はあいまいに、いいかげんに、一票を投じ、その結果、第二党以下の党に票を投じた人はもとより、第一党に票を投じた人も、何だか割り切れない気持ちで一政党の政治に拘束されてしまうのが現実だが、人間たった一度の人生を、そんなものに支配されて暮らすのはばかげている。

それにまた政治の形態というものは、利害ばかりでなく、たんに趣味かクセによると思われるふしもある。自由主義だって、最高最良の政治形態みたいにいうけれど、たんにアングロサクソンの趣味かクセに過ぎないのかも知れない。あたかも太平洋戦争で日本が占領地域のいたるところに鳥居を立てて回ったのと同じ現象かもしれない。自分の趣味やクセに反する趣味やクセを強要されるのは、損得以上にがまんがならないし、がまんする必要もない。

それからもう一つ、日本は分裂した方が根本的に日本のためになる——というのは矛盾しているが——日本民族が世界文明のために貢献することになるかもしれない、というメリットがある。日本人の民族性や日本文化の特性についてはは千万の論があるが、その長所も欠点も、つまるところ同一民族か単一国家を作っているということに帰着することが多い。先祖をたどるとみな親戚みたいなものだから、獰猛なばかりの敵意というものがなく——あったとしても異民族混合の外国人同士の争いとは比較にならない——したがって、強烈な自我、個性というものがない。この自我、個性というものが薄弱で、みな似たり寄ったり、すなわちかつて世界史的大人物が存在したこともなく、今も存在しないという点が、一つの長所ともなって、日本がともかくも大戦争をやったりGNP第三位などいう現象も起りえたのだが、よくいえば進め一億火の玉で、悪くいえば目くそと鼻くそをまとめたようで、これ以上は決して上昇しない。発展しない。一新紀元を画する人物や思想や芸術の出て来る見込みは絶対にない。

で、——いっそ、この目くそと鼻くそを分けてしまえ、ということになったのである。右にあげたような数々の理由によって、日本は分離して、それぞれ半独立ともいうべき州形態をとることになったのである。

州は四十七に分けた。同好の士を糾合して、きめ細かな小味な国を作るには小国であった方がいいというのがそもそもの趣旨であったからである。いくらなんでも一人一州というわけにはゆかないから、そこで一応過去の一都一道二府四三県の区画に従った。

いかなる州を作り、それを選ぶか、それぞれの政策をかかげて立候補するのは自由だが、投票数の上位から四十七位までを当選として、全国民はそのいずれかを選んで、その州の住民とならなくてはならない。

いやしくも半独立の州である以上、州民の生活出来るだけの役所や産業を持たなければならないことはいうまでもないが、しかしその政策の施行は第一次の目標でなければならない。少なくとも政治の中心理念でなければならない。州民の生活はそれを軸として回っていなければならない。——

またいやしくも州と称する以上、その住民はその州に住むのを原則とするから、選んだからにはその州に移動しなければならぬ。一種の国内民族大移動となるが、かつて万国博に全人口の半分以上がもみにもんで大移動した実績があるくらいだから、これくらいのことにそれだけの手数をいとう者はなかった。

ただ、四十七人の当選者が、それぞれの州をどの旧県に決めるか。これを欲するままに選ばせては決着がつかないので、これはくじ引きによることにした。

立候補の数は実に三百四十五万六千七百八十九人に上がったが、そのうちついに四十七人が決定した。

いかなる政策をかかげた立候補者が当選したか。

未来へゆくタイムマシンはあるとする。いや実際にわたしがそれに乗って、聴いてきたそれらの演説を紹介しよう。

ただいま現在のあなたなら、それら立候補者のだれを選ばれるか。「あなた好み」の州はどれか。——そのどれもごめん蒙《こうむ》る、などごねられても困る。日本人はそれらの四十七人を選んだのであり、もしあなたがそのころまで長生きしたとしたら、そのどれかに属さなければならないのだから。

延々たる大演説を四十七人分そのまま伝えては大変なことになるから、ほんの要旨ないし一節だけを紹介することにし、それについて小生寸感あれば付け加える。

ただし、順序は必ずしも投票数によらない。当選者の州をくじ引き制としたのをみてもわかるように、当選した以上その価値に軽重あることなく、各州の権威に上下はないということになっているからである。

2

『私はこのたび日本合衆国総選挙に立候補いたしましたる茅野和平であります。私はノータックス州を建設せんとするものであります。

ノータックス、すなわち無税金。

実は率直に申し上げてノータックスというのはいささか誇大広告のきらいがございまして、およそ一国一州を運営するのに税収なくしてやれる道理がございませぬ。例えば税務署の役人にも月給をやらなければならぬ。それは税金を頂戴せねば不可能であることからしてもご納得いただけるであろうと存じます。

ただ、私の創案いたしましたる税法によれば、いままでみなさまが納入いたされましたる税額の五分の一、少なくとも三分の一で済む。のみならずそれを納入いたされまするのに、税を払っているという感覚が全然ないという点で、ノータックスと申してもあながち羊頭をかかげて狗肉《くにく》を売るというわけでもないだろうと存ずる次第であります。

なぜ、税収が三分の一ないし五分の一ですむか。

私見をもってすれば、いまの国家予算の三分の一は無駄に浪費されておる。厳密に、科学的に使用すれば、ほんとうのところはいまの予算の三分の二で済むのじゃないか。その浪費は現在会計監査院によって毎年その九牛の一毛が摘発されているのを見てもわかるように、政府の無能力による不当あるいはずさんなる財政支出、またしばしば新聞等によりて攻撃されておる圧力団体ないし国家寄生虫ともいうべき連中と政治家の結託による有害無益なる補償、あるいは減税等の予算化、さらに御存知のような年度末における役人どもの理不尽なる消費――予算が余ったら何でもいいから使っちゃえというあのやり口――等によるものである。

さらにまた三分の一は、役人そのものの無意味なる人件費に使用されておる、ちょっと役所に行ってみればわかるように、役人は勤務時間の三分の一は、ゴルフをやったり、新聞を読んだりお茶を飲んだり雑談したり、またわれわれが、役所にゆくと用事が決して一度ですんだためしがないように、慰み半分に国民をいじくりまわしたりすることに費しておる。したがって員数的にいまの役人の三分の一は要らないのではないかと認めざるを得ないのであります。

以上によって国家予算は現在の三分の二で十分やってゆけると判断するものであります

が、これを厳格にやると、あるいは五分の三、七分の四ですむかも知れぬ。要するに現在のごときうなり声を出さざるを得ないほどの可斂誅求的徴税の必要はない。――ただし、これらのことは、何もわたしの創案ではない。いままで幾百回か識者に指摘、しかも実行できなかったことであります。

不肖茅野和平のノータックス州は、これを断固実行するとともに、さらに前人未到の創案がある。

それは州議員を選挙するのに、いままでのようにただ名前を書いて投票するというような子供らしいことはやらず、同時にその立候補に、自分の好きなだけの、あるいは自分に許されるだけの、あるいはじぶんの気にならないだけのお金をそえて投票するのであります。

左様にいたしますれば、議員の歳費は税金を一円も出さずに済む。それでは税金と同じじゃないかと申される向きがあるかも知れませぬが、税金と全然相違いたしまするところは、出したくない人は一円もださなくていいという点であります。またそれでは金持ちの支持する立候補者が当選するにきまっているではないかと申される向きがあるかもしれませぬが、それが必ずしもそうではない。なんとなれば金持ちは少なく、貧乏人は多い。道に落ちていてもだれも拾わない一円玉でも一億人からもらえば一億円になるというあたりまえの原理が働くからであります。

これによって新議員は、おそらく現在の歳費よりはるかに多額の報酬を得て、いまのように歳費が足りないからワイロをとる、などいう口実もなければその必要もなくなるはずであります。なお落選立候補者に投ぜられた投票金はこれまでの供託費同様ぜんぶ国庫――ではない州庫に取り入れる。

また、人間自腹を切って銭をつかわなければ何事も本気にならず、かつ身につかないものでありまして、それと同様選挙においてもみな気がはいって、現行のごとくちゃらんぽらんの投票などは一掃され、当落これほど冷厳正確なるものはなく、かつまた当選後の議員の行動についても、国民すべてひいき相撲のタニマチのごとく気をいれて見届けるに相違ないと信ずるものであります。

さて、次にそれでは州費はどうするか。これはやはり、現行の三分の一なり五分の一なりはいただく。ただし、それはただむやみやたらに巻き上げられるのではない。個人所得税の場合、納税者のほうでその使用先を指定して納税するのであります。

現行の税制によってなぜかくも脱税が横行するか。ただいまの税金状態を見まするに、一応の金持ちと目される連中はことごとく脱税者であると断定してよろしい。土地を買い、家を建て、マンションをあがない、宝石を入手し、海外旅行をやる。このような行為の出来る者は、すべてその資金源は何らかのかたちによる脱税の変形したものであると見てよろしい。まともに税金を払っていては、たとえ相当多額の収入があっても、むしろあればあるほど身動きがつかないはずであります。いまや脱税しないものは、現金正価で電気器具を買うがごとく大馬鹿三太郎であると申してもよいくらいであります。

では、なぜ国民はこのように脱税するか、それはむろん金が欲しいからでありますが、これはぬきがたい本性であるとしても、そのほかにもう一つ重大な理由がある。それは自分が汗水たらして得た収入を税金にとりあげられて、そのゆくえがどこにどういっちゃうのか全然わからないからであります。よく、税金のゆくえを監視せよ、といいまするが、具体的にどう監視したらいいのかわからない。監視した結果どうしたらいいのかわからない。だれが、おれが金を使ったという手ごたえのないことに金を使って、ばかばかしさを感じない者がありましょうか。脱税が多いのは、この人間の金銭本能に相反した、少なくとも遊離した無神経なるやりかたに対する反発のせいもあるのであります。

かるがゆえに、はじめから各税務署に、これは厚生省、これは文部省、これは防衛庁、これは科学技術庁という風に、郵便ポストをならべておいて、州民は自分の納税額を一応検査してもらった上、各自好みのポストに入れればよいのであります。さすれば出すほうも出し甲斐があって、脱税行為は急減するでありましょう。またその結果、いわゆる予算の奪い合いとか圧力団体へのつかみ金などいう、ひとの金を自分のもののごとくに自由にする傍若無人な、不明瞭なる真似は起こり得ないでありましょう。これぞまさしく人民の、人民による、人民のための政治でなくて何でありましょうか。

なお法人税の配分は、右の人民の意志によって明らかにせられた所得税の比率に従います。

ただこのやりかたによると、一円も入れてもらえない省や庁が出るかもしれない。いま一番威張っておる大蔵省などはそのおそれが充分ある。尤もこの法によれば大蔵省などはほとんど要らないことになるはずでありまするが。――

この欠点を補うために、もう一つべつのかたちで税金をいただく。これははっきりと峻烈なる税金のかたちでいただく。それはオメカケ税であります。

そもそも現行のいわゆる累進課税ほど残酷なものはない。富の再分配など申しますが、むしろ労働懲罰令と申した方がよろしい。いかに多額の収入があっても、個人の才能と努力をしぼりつくして得た金を、四割五割、甚だしきは七割八割まではきださせるということは、これはもう理不尽なる強盗行為と申してもよいくらいであります。

しかるに、ただいまのように精妙苛烈を極める税率の中に、ひとつ間の抜けた大穴がある。すなわち、女を何人手に入れようと、これには税金がかからないということであります。

あらゆる物の売買、物件の移動のたびに必ず税金のかかるしくみになっておるのに、これほどの値打ち物の所有、移動を見逃しておるという手はない。細君一人を守っておるやつと、妾を三人持っておるやつが、その生活費の多少以外に、何ら税法上の差別がないという法はない。ここにおいて、これこそ熾烈なる累進課税をかけるべく、これには妻のないお方も、妾のあるお方も、それぞれあきらめの心境をもってお受け入れいただけるでありましょう。その上、これには脱税のおそれがまずございません。第二夫人のあることを知った第一夫人が必ず当局に報告するに相違ないからであります。

もしこのことを隠匿しておったことが発覚した場合は脱税者として刑法の裁きを受けることと相成る。むろん、妾、愛人、第二号等、その名目の如何を問わないことはいうまでもありません。

いったいに政府当局者は、しばしば「受益者負担」と称して、ちょっとでもいいことのある国民から税金を取り立てようとするくせに、「授益者優遇」の方には知らん顔の半兵衛をきめこんでおる。この「オメカケ税」の設定によって税収を得る一方で、「公認オメカケ」の栄誉を与えれば、これまさしく「受益者負担」「授益者優遇」の二命題を一挙にみごとに果す事でなくて何でありましょうか。

これを以って、さきほどの自律的納税による国家機関の運営の不備を補う。すなわち成り成りて成り余れるところより、成り成りて成り合わざるところをふさぐのであります。

ただこのオメカケ税がどれほど徴収されるものか、私は存外多額に上がるのではないかと信ずる根拠を持つものでありますが、例え多少不足気味でありましても、もともと国民の好まない機関にあてるのでありますから、これはやむ得ないことと辛抱してもらうよりほかはありますまい。

以上、不肖茅野和平の「ノータックス州」建国の原理についての意見を開陳し、もって真摯なるご賛同を乞う次第であります』

茅野和平は当選し、くじ引きによるノータックス州は元鳥取県に決定した。

寸感。浮気はどうなるのかね？

3

『私はこのたび日本合衆国総選挙に立候補いたしましたる勝田新であります。私はビョードー州を建設せんと欲するものであります。

ビョードー、すなわち、自由、平等の平等であります。

平等国、すべての者が平等である、それは結構だと、一応はだれもおっしゃるかも知れない。しかしそんなにうまい具合にゆくものか、そんな国家があり得るか、と首をかしげて、いざ投票となるとだれも逡巡して、結局この不肖勝田新に票を投じて下さらぬかもしれない。

例えば某某国のごとき産を同じくすると唱えながら、その地にいってみれば決して平等ではない。党幹部は宮殿に住んで横行闊歩し、人民は、産を同じくしない日本の庶民階級の享受しておる日用品程度のものすら入手するのにくるしんでおる。また某某国のごとき、人民すべてが同じ帽子をかぶり同じ菜っ葉服を着て、機械人形のごとくいっせいに手足を動かし、まるで憑きものがしたように同じ語録を合唱しておる。このような平等国は、あまりぞっとしない。――こう考えられるのは当然である。私の平等とはかかる平等ではありませぬ。

私見によれば、もともとが日本ほど平等な国家というものは世界にありませぬ。明治時代、徳川時代からそうであります。徳川時代、士農工商と階級づけはしましたが、士農必ずしも最も富んでいたわけではない。一番下の階級の商人が当然一番富んで、一番上の階級の侍をあごで使っていたというのが実情であります。また明治以来の歴代の総理大臣の半分以上は赤貧の家の出身だといってよいのではありますまいか。現代においても、数代つづいて権力者であり富家であるというのは難しい。相続者が無能力ならたちまち転落する。一方優秀な子弟でありさえすれば、一代のうちに大臣富家となり得る可能性のあることは決してアメリカに劣らない。

私、先年ドイツのバイロイトに遊んで、毎年一回開かれるワーグナーの音楽祭なるものを見聞きする機会を得ましたが、集まった客は幕間には劇場の外の庭園を逍遥する。その光景たるや、女性は宝石をちりばめ、黒、白、金の手袋をはめ、長いもすそを引きずってシャナリシャナリと練り歩き、男性はことごとく燕尾服を着込んでこれをエスコートし、昔よく外国映画で見ましたる豪華なる夜会のシーンがまさに現実のものであることを確認いたしましたが、私それより驚きましたるは、バイロイト市民が——子供を抱いたおかみさんなどが——庭の周りに集まって、遠くからいかにも愉しげにこの一大ファッション・ショーを見物しておることでありました。

日本ではかかることはあり得ませぬ。宝石をちりばめた貴婦人がいないというわけではなく、それを見せびらかすことを市民が許さないからであります。かかる特権階級的パーティを衆目にさらそうものなら、たちまちヒステリックなる投書が新聞社等に殺到するからであります。外国にある社交界なるものが、翻訳の文字だけあって実体は日本にない、少なくともコソコソでしかないゆえんであります。

非難のもとはもともとより嫉妬であります。嫉妬とは、優越者ないし簒奪者《さんだつしゃ》に対する憎悪の感情でありまして、いずれも対象が自分より優越しておるのは不当である。自分から奪うべからざるものを奪っておるという不平をふくんでおります。昔、軍隊において名門の子弟ほどよくなぐられたなどという例が日本人の本性を現しておる。また昔、貴族階級というものがあったが、英国における貴族は知らずわが日本においては、表面的にはともかく内心ではお公家さんと呼んで民衆が一種の侮蔑を向けておったことはご承知の通りであります。

かくのごとく日本人は、日本人同士の不平等に対して、他民族よりはるかに神経質であり、非寛容であります。その結果、私の見るところでは、日本人はむしろ悪平等の弊におちいっているきらいすらある。

しからば、われわれは、われわれの平等に満足しておるか、というと全然まんぞくしておらんことはおたがいに胸に手をあてて考えてみれば明らかでありましょう。不平等に鋭敏なことはただいま指摘いたしましたが、困ったことに悪平等にもまた釈然としない感情があるのであります。そもそも何が平等であるか、と考えるとこれは意外に難しい。裁判官の月給が銀座のホステスより少ないとか、大学教授の一票もそばやのあんちゃんの一票も同じ一票でしかないというのは、こりゃおかしいと思う人があるかもしれないが、ホステス嬢や蕎麦屋のあんちゃんに言わせると、何がおかしいということになる。裁判官や大学教授よりおまえさんの方の収入が少なくあるべきだ、本来なら投票の値打ちにも差をつけるべきだなどいえば湯気をたてて怒り出すに決まっております。少なくともわれわれはホステス嬢やあんちゃんを説得する有力なる論拠を持たないのであります。

これは要するに、三人の価値観が異なるからであります。

たんに三人の胸に抱く優越感の問題ならばまだよろしいが、政治家なるものがこのあいまいさにつけこんで、あっちを勲章で優遇したりこっちを税金で冷遇したり、その間に優越感と悪徳をほしいままにしておるという実害が生じておる。

ここにおいて不肖勝田新が建設せんとするビョードー州は、あくまで平等ならずんばあるべからずという日本人特有の痼性を癒しつつ、一方で悪平等に対する個人個人の不満を解消せんとするものであります。

それにはまず国民的価値観をある一定のものに統一しなければならぬ。

不肖勝田新は、これを男性においては男根勃起力、女性においては勃起させ力に置かんとするものである。

なにゆえ、これを国民としての価値の標準にせんとするか。

第一に、これこそ生殖の根本力であり、生殖こそはホモサピエンスたる人間の第一の命題だからである。蜘蛛やカマキリは交合中にメスに食われてしまうオスがあるが、それでもメスに近づこうとしてオスはもがきぬくそうでありまするが、これなどいかに造化の神が生殖を生物の第一義としているかを示す見本である。人間においては勃起力勃起させ力こそ、その原動力であります。第二に、古来英雄色を好むといわれるがごとく、生殖能力旺盛な人間に傑物が多いということは疑うべからざる真実である。むろん一見色を好まない傑物もあるが、これは意志的に女性を遠ざけ、その方への関心を自分の志す事業なり学問なり芸術なりに昇華させたというだけのことで、勃起力そのものは強靭であったと見てよろしいのであります。或いは多少勃起力の薄弱なる傑物もあったかもしれないが、これは例外である。例外はひとまず例外としなければならない。また一方で、色は大いに好むけれども全然傑物でない。それどころか甚だ困った動物である、という人物もありましょう。しかしこれは、当人はともかく将来の子孫に傑物の出る潜在能力を認めてやるべきだと存ずる次第であります。

さらに第三に、これこそ不肖勝田新が人間の価値の標準に置かんとするゆえんのものでありまするが、男性は男性同士相かえりみて、勃起力の強弱をいわれると、これにはだれしも無条件で参らざるを得ない。ただいまの申しましたるごとく、そばやのあんちゃん必ずしも全面的に大学教授に降参はしない。たとえどれほど物知りであろうと、あの大将にはオートバイの曲乗りは出来まいと考えておる。あっちにあんな能があるなら、こっちにはこんな芸があるとみなうぬぼれて、このうぬぼれあるがゆえに傑物のそばで暮す凡人たちが絶望に首吊りもせずに生きているのであり、自己の突っ張りっこをやって勝負がつかないのでありま す。ただ、この勃起力だけは、あいつはいくら勃起力があったって馬鹿だから駄目だとは——

—いいはするでしょうか。いいきれないところがある。言う声に迫力のないところがある。おそらくこれほど万人普遍の説得力のある能力はなかろうと信ずるものであります。男同士もそうでありまするが、女性から見た男性の価値に至ってはますます妥当性があるに相違ない。

勃起させ能力に関して、女性同士も価値の標準におくことにまず異論はありますまい。それでは女の中では美人がいちばんえらいのか、ということに相成りまするが——事実私は大体においてそれを認めるものでありまするが——ただ、世の女性にはおたふくでもおかちめんこでも不思議に男性を大いに勃起させる人種が少なからずある。そしてありがたいことに女性の大半はその点については御自信をお持ちのようである。そしてまたこの能力を女性の標準とするということは、男性から見て何びともひざを叩いて同感されるにちがいないのであります。

さて、この能力をいかにして判定するか。それは男女ともに成年式にあたり、昔の兵隊検査のごとく——各地区において、男子の場合は数十人づつ男根に秤を吊るし、その面前にて女性のヌードショーを演じ、秤に硬貨をのせて測定すればよいのであります。一方、女性の場合、それら男性の勃起力の平均を出して算出すればよいのであります。

これにより、州民各個人個人の勃起力ないし勃起させ力が台帳に登録される。そしてそれはそのまま一生据え置きとする。――かような能力は、大体まず不変のものだからであります。――それでも途中、ふいに自己記録の更新に自信と意欲をかき起こされた人は、遠慮なくその旨申告されて、毎年の検査に若い者にまじって受験されることを決して妨げるものではない。

この記録によって、各個人の収入を決定する。選挙の投票の値打ちにも格差をつける。裁判官であろうが教授であろうがホステスであろうがそばやのあんちゃんであろうが、それは職の貴賎によらずこの能による。むろんその収入に税金もまた比例するわけであります。

かくてこそ三人みな平等、しかも悪平等を充分に排除した真の意味の平等国が出現するのではありますまいか。

以上不肖勝田新の提唱するビョードー州になにとぞ勃起力をふくめたる力強きご一票を！』

勝田新氏は当選した。その州は元岡山県に決定した。

寸感。どこが平等なのかよくわからず。ただ事実として、この立候補者に対する投票は男性はきわめて少なく、女性票が圧倒的であった。

4

（編集部注・原稿には「4」の記載があり、未完のままそこで終わっている。）

解説

有本倶子

山田誠也青年が、まだ小説家としてデビューする前年（昭和二十年）、彼は大学ノート一冊分に小説の習作四編を書いている。それらが、ここに収録した「乳房」「紫陽花《あじさい》の君」「早春の追憶」――これは中止となっている。――「雪女」である。そのうち、「雪女」は、翌年の昭和二十一年（一九四六年）四月に創刊された探偵小説専門誌「宝石」の懸賞募集に、「達磨峠の事件」とともに応募したものの下書きの作品である。応募作二編のうち、「達磨峠の事件」が入選し、翌年の二十二年（一九四七年）、「達磨峠の事件」が、「宝石」一月号に掲載され、誠也は探偵作家・山田風太郎としてデビューしたのである。その意味で、このノート一冊分の小説の習作は、プロ作家への足がかりとなった作品群であると考えられる。

「宝石」の選考委員であった江戸川乱歩は、落選した「雪女」の方を強く推したそうである。「雪女」は泉鏡花を髣髴《ほうふつ》とさせる作品である、と絶賛したという。この作品があるがため、デビュー後も乱歩は風太郎の才能を愛し、大きな作家として育ててゆくのである。

探偵作家としてデビューした後、忍法作家として一世を風靡《ふうび》し、明治もの、室町もの、日記文学と多くの傑作を残した風太郎ではあるが、その風太郎作品の原点をなしたものが、このノートの習作四点に集約されているように思えるのである。

風太郎作品の膨大な作品を全部比較検討したわけでもなく、私のごく個人的な見方になるかもしれないが、私の集めた初期の作品群――勿論、一部であろうが――未発表であった作品を網羅してみたのである。

まず、「乳房」について。

この作品は、作家デビュー後、昭和四十八年、雑誌「読物世界」に、少し書き換えて載っている。タイトルも「乳房」と同じであるが、雑誌に載ったのは、冒頭部分と終わりの部分を大きく変えている。

雑誌の方は、

「或る晴れた暖い秋の午後だった。

医学生の中澤信吉は、蒼い高い空に黄金色の細かい金木犀の花が盛り上がって凝《じ》っと輝いている医科大学の中庭を、放心したような顔つきで飄々と歩いていった。」

という書き出しである。習作の方の書き出し部分の一ページは省かれているのであるが、これは大変惜しい削除であると思う。雑誌掲載の原稿枚数の制限でそうなったのか、あるいは、この冒頭部分はわかりにくいと考えて、故意に削ったのかもしれないが、この「乳房」という小説の不思議な魅力を引き出すプロローグとして、大変重要な部分ではなかったかと思える。

習作の方の冒頭は、

「この間一寸調べたい事があって、寺田虎彦全集を見ていたら、その第五巻にこういう言葉が載っていた。「――『庭の植え込みの中などで、しゃがんで草をむしっていると、不思議な性的の衝動を感ずることがある』と一人がいう。『そういえば、私は独りで荒磯の岩陰などにいて、潮の香を嗅いでいる時に、やはりそういう気のすることがあるようだ』ともう一人が言った。この対話を聞いた時に、私は何だか非常に恐ろしい事実に逢着したような気がした。自然界と人間との間には、未だわれわれの夢にも知らないようなものが、いくらでもあるのではないか」

僕はこれを読んだ時、ふと矢島笙子《しょうこ》さんの話を思い出した。この寅彦の言葉は、じっと考えていると実に戦慄を禁じ得ない深い意味が籠っている。矢島さんの話はそれ程でないかもしれないが、少なくともFreud（フロイド）の材料にはなりそうな価値があるのである。……」

という冒頭部分が、風太郎の言わんとしたテーマを示唆しているのではなかろうかと思える。

また、終わりの部分であるが、雑誌の方では、

「その年の初夏に矢島さんは真田さんと結婚した。狐につままれたやうな顔をしたのは勿論松岡である。前年の秋に彼が耳にしたあの対話と、この事実との間に、何があったか彼は知らぬからである。信吉と誰もそれは知らない。知っているのはご当人の他は神様くらいなものであろう。

「しかし……」と信吉は、眼を天に投げて呟いた。

「その理由を、僕は知っているかも知れないよ」

が、どんなに松岡がうるさく尋ねても信吉は微笑するばかりで何も答えなかった。」

で終わっている。習作の方は、

「その六月に矢島さんは真田さんと結婚した。（中略）

併し僕は是非その間に晩春車中のあの一景をなげこみたい。それでなくては僕としての小説が成り立たぬからである。併し、初めに寅彦の文を引用したり、Freudを持ち出したりしたのを、矢島さんが読んだら怒るだろう。

幸いに今真田夫人は、夫君たる博士と共に満州に住んでいられる。」

という終わり方である。

終わりにも、寅彦の文を匂わせている。ということは、やはり、冒頭のエピローグが風太郎の言いたかったテーマであり、最も重要な箇所であると思えるのである。

この習作は、昭和二十年七月十四日に書かれている。その日の日記には、この習作について何か書かれているのではないだろうかと思い、『戦中派不戦日記』（講談社文庫）を調べてみた。

七月十四日（土）曇むし暑し
○ 午後、江知家の仏壇を蔵に運び、蔵の中に水を湛えた大盥《たらい》を置く。
○ 七夕か、町の家にちらほらとそれらしき青竹見ゆ。家の前には枝葉つきたるままの青竹を立て、屋内に祭壇を造る。往来にて余の見たる一軒は、藍色の布かけたる祭壇に、三宝、皿を並べ、米、大根、人参、野菜などをのせ、その上の段におみき用の徳利を置く。注連縄《しめなわ》も見ゆ。青々とした菖蒲《しょうぶ》も見ゆ。祭神は何なりや、紫のまん幕にさえぎられて分からず。
○ 敵艦隊、金華山沖に来襲、釜石付近を艦砲射撃中なりと。

と、書かれているばかりで、「乳房」については、何の記述もない。

この頃、東京はＢ29の大爆撃にさらされていた。東京医専（後東京医大）の二年生だった風太郎は、大学の近くに下宿していたのだが、下宿も焼けてしまい、また、大学も半壊してしまう。住むところもなく、焼け残った布団ひとつを、これまた焼け残った学校の図書室に運び、そこで寝泊りしていた。六月二十五日、とうとう学校全体が信州飯田に疎開することになった。風太郎も他の学生と一緒に飯田に出発していった。

飯田の疎開先は、大安食堂の二階だった。この大安食堂が、現在も健在であるということを聞いて、去年（平成十二年）訪ねていった。

大安食堂は、現在はホテル大安となっていた。当主の桜井さんのお話では、当時は桜井さんのお母さんが切り盛りしていた。大勢いた学生さんの中で特に誠也（風太郎）を心配し、世話していたようだ。「その頃、大安食堂は女中二人、女主人の三人で学生さんの世話をしていました。ぼくの姉の花代が、当時は女学生でしたが一緒に住んでおり、特に誠也さんに可愛がってもらったと言っていましたので、今日呼んでいます」と、親切にも私のために呼んでくださったのだ。まもなく来られた花代さんは、八十二歳とはとても見えない、可愛らしいおばあちゃんだった。

「誠也さんは、いつも一人で、部屋の隅で本を読んでいました。

私のお母さんをとても頼っていて、悩み事があるらしく、夜遅くまで母と二人何かひそひそと話していました。夏休みになると、他の学生さんはみんな、自分の実家に帰省するのに、誠也さんだけは帰省せず、うちに居りました。暇なので、夏休み中私の勉強をみてもらうことになり、広い二階で誠也さんに勉強をみてもらったのですが、二人だけだったので、誠也さんはしばらくすると、ごろんと横になり、眠ってしまいました。私には、勉強しろ、本を読め、と厳しく言うのに、自分はすぐに眠ってしまうんです。

誠也さんとは、他の学生さんたちより多く一緒にいましたので、親しすぎて異性に対する気持ちなんて持ったことはありません。まるでお兄さんのようでした。

でも、ときどき孤独で寂しそうに見えました。いつも胸に写真を持っていて、「これが僕のふるさとの家だ」とよく見せてくれました。平屋建て（筆者注・実際は二階建てである）の広い、大きな家でした。

やがて終戦となり、誠也さんたちは東京へ帰ってゆかれましたが、帰られてからもよく手紙をもらいました。その手紙は木の箱にしまって大切にしていましたのに、終戦後この飯田の町は大火事に遭《あ》い、家も店も全部焼けてしまいました。その時に手紙も全部焼けてしまいました。今でも残念で仕方ありません。一度、作家になられてから、誠也さんがたずねて見えました。折悪しく私は遠い町へ歯の治療に行っており留守でした。逢えず本当に悔しかったです。

誠也さんの手紙の内容はいつも、東京へ遊びにきなさい。ということが書いてありましたが、戦後の大火でこの町はほとんど焼けてしまい、混乱の中で、東京へ遊びに行くゆとりもなく過ぎてし

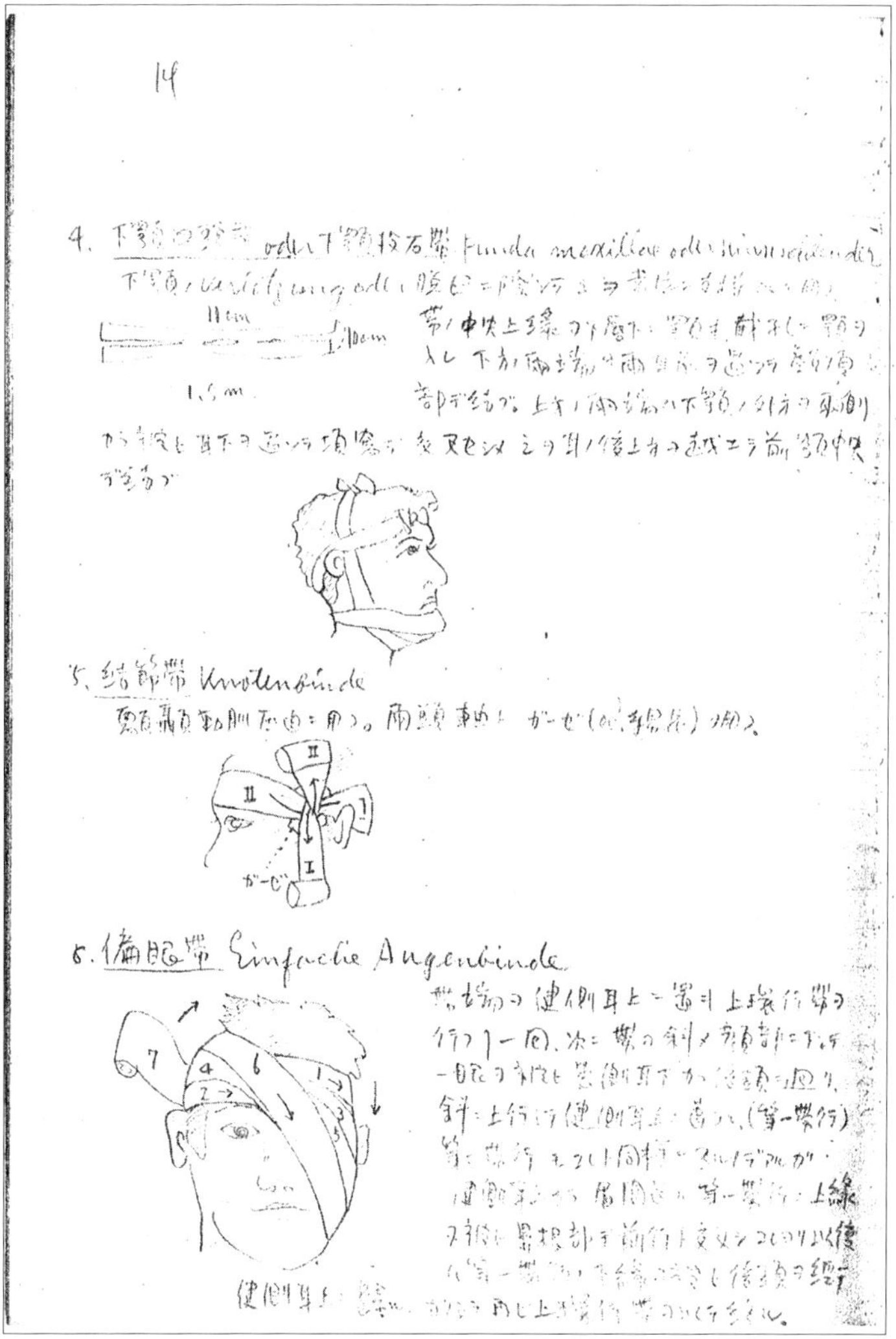

東京医専（一回生）時代のノート

まいました。……」

と、話して下さった。

花代さんの話で、何故、七月十四日の日記に「乳房」のことが書かれていないのか分かったような気がした。

夏休みに、他の学生らは故郷に帰省していっても、風太郎だけは帰らず、花代さんの家庭教師をしていたという。田舎のことゆえ、遊びにも行けず、友もいない。退屈をまぎらすため、風太郎は本を読み、小説を書いていたのではないか。そして構想が湧き、ストーリーが浮かぶとそこら辺の紙に書き散らしていたものを、七月十四日に、一冊の大学ノートに清書していったのではないだろうか。こう考えると、これら習作のどれもがきちんと書かれすぎており、書き直したり、文を消している箇所がほとんどないのである。ではノートの表紙の七月一日という日はどういう意味なのか。七月一日に四編全部を書いたという意味ではなく、七月一日にこのノートに書き始めたということではなかったのではと思う。


「紫陽花の君」は、私には慣れ親しんできた地名、場所、光景などが、そっくり出て来る小説で、懐かしくもあり、驚きもした作品である。

まず、冒頭の葬式の場面に「河江の叔母様」が出てくる。河江というところは、兵庫県豊岡市日高町河江で、風太郎の実の叔母が住んでいるところである。この叔母ちかは、風太郎の実父・太郎の姉にあたる。太郎が、関宮の山田医院を開いたとたんに四十一歳の若さで急死してしまう。その時、風太郎はわずか五歳だった。また、父太郎の死後に妹の昭子が生まれている。太郎の実家は、幼い風太郎と赤ん坊の昭子を心配し、太郎の弟孝を関宮にやり、山田医院を継がせ、二人の父とした。この世話を親身となってやったのが、河江の叔母ちかだった。

日高の太田《ただ》に山田誠氏を訪ねて、その頃の話をお聞きした。

「僕の父禎蔵が、出石藩の藩医の家を継ぎました。禎蔵には、姉の里子、弟の太郎、孝、妹の知恵、光代、ちかと、七人も兄弟がいました。姉の里子が関宮の土岐松吉医師に嫁ぎ、関宮にただ一軒の土岐医院を開業しました。ところが、三人の子供が出来たのち、松吉医師が亡くなりました。

三人の幼い子供たちを守るため、また関宮村を無医村にしないために、禎蔵の弟太郎が、土岐医院にきて姉の一家を養うために、土岐医院を継ぎました。やがて、諸寄から小畑医院の娘寿子《ひさこ》を娶《めと》り、土岐医院にて姉一家と同居しておりましたが、風太郎が生れると、土岐医院での同居が難しくなり、禎蔵が援助して、土岐医院のすぐ前の地に山田医院を建てました。この山田医院は三里ほど離れた村に建っていた陣屋屋敷をそのまま移築したものだったそうです。壮大な屋敷に、診察室を新に建築した、大きな工事だったそうです。費用も莫大なものであり、僕の父禎蔵は、関宮から電話がかかるたび、今度はどれくらい要るのかと頭をかかえていました。やっと、山田医院が完成して安堵したとたん、また関宮から電話。今度は太郎が死去したという電話だったんです。

今度は、風太郎一家と里子一家を養うため、また山田医院を継がせるため、禎蔵の最後の弟孝を関宮にやることにしたんです。ところが、孝には、東京の医学校にいた頃すでに女性と同居し、女の子までできていたんです。その孝を説得しにいったのが、河江の叔母です。叔母は、弟の孝が嫌がるのを無理に説得し、風太郎、昭子の養父とし、山田医院を継がせたという責任を感じていたのか、特に風太郎を心配し、可愛がっていました。風太郎も、実母を中学一年の時に亡くしてからは、東京から故郷に帰省するたび河江の叔母の家に帰り、関宮には寄らなかったため、孝によく叱られていたと聞いています」

そういえば『戦中派不戦日記』にもたびたび河江の叔母のことがでてくるし、学生時代の休暇は、河江で過している様子が詳しく書かれている。

また、「紫陽花の君」の舞台は日高町の太田の山田邸が書かれている。私は何度も何度も、山田誠氏を尋ねてお邪魔したので、この冒頭の屋敷の光景が、手に取るようにわかるのである。

しかし、「紫の袈裟をつけた白い髭の多聞寺様」は、関宮の風太郎の実家のすぐ近くにある多聞寺のことであろう。実は、風太郎の檀那寺は私の家と同じ中瀬の金昌寺である。また、その寺で、会議中に父の太郎が急死してしまった因縁のある寺なので、幼い頃遊んでいた多聞寺をもってきたのであろう。そして、実の母のように慕っていた、叔母ちかの実家も描いているのである。

「紫陽花の君」、また「乳房」の主人公の水木千江子、矢島笙子のモデルは風太郎の実母・寿子ではないかと思えるのである。

「乳房」の矢島笙子は、このように書かれている。

「矢島笙子さんは学校の細菌学教室に勤めている。正直にいって僕は、入学してこの人を見て、初めて女性美というものの新しい一形態を知った。この人は白粉というものを全然使わない。況《いわん》や紅をやである。……この中で、矢島さんのように洗ったような皮膚をして、硝子のような光を発している人は珍しい。髪も無造作につかねている。衣服も地味な黒っぽい洋服である。それでいて全身からは、しらじらとした、透明な美しさがかがやき出している。」

「紫陽花の君」の水木千江子は、

「……このどことなく古風な髪、すずやかな瞳、清楚なる双頬」

と表現されている。

ここで、前述の日高町太田の山田誠氏のお話をまた記してみる。

「誠也を生んだ寿子さんは、ここで葬式がたびたびあったので、何度か会ったことがあります。とても美しいひとで、喪服姿がよく似合う、色の白い清楚な感じの人でした。性格はおとなしく、優しく、誠也をとても可愛がっていました。ところが、土岐に嫁いだ太郎の姉里子が早くに未亡人となったので、太郎の世話になりながらも、あまりに寿子さんが美しいので嫉妬して、寿子さんをいじめるようになりました。太郎は寿子さんを助けるために、土岐医院と別れて山田医院をつくったのでしょう。太郎さんもそれほど寿子さんを愛しくおもっていたのでしょう」

と話してくださったが、その寿子さんの印象は、十四歳の風太郎に、永遠に消えることのない面影を残していたのであろうと思う。

風太郎が後に書いて行く小説の中に、聖母のような女性が出てくるが、どれも三十八歳で死んだ美しい母の面影を追いながら、恋しがりながら、書いたのにちがいないのである。

「紫陽花の君」がノートに書かれたのは、二十年十一月二十三日と記してある。

『戦中派不戦日記』でみると、

十一月二十三日（金）快晴

○　ほがらかなる秋天。三軒茶屋マーケットにて石鹸《せっけん》一個を買って来る。泥色のこんにゃくのごとく軟らかきもの八円なり。

ただこれだけの記述である。

「早春の追憶」

この習作は、風太郎の実母寿子の実家のある、兵庫県美方郡浜坂町諸寄《もろよせ》（現在は新温泉町諸寄）が舞台となっている。

――母方の祖父の家で暮らした。兵庫県ではあるが、鳥取に近い諸寄という小漁村である。祖父の家には、大阪帝大の医学部をあと三ヶ月で卒業というところまで進みながら、その二年前に首をつって死んだ叔父の遺品の中に、医書に混じってショーペンハウエルやレオパルジの論文集、ストリントベルヒやポーやドフトイエフスキーやアルツィバアシェフの小説などがあって、病み上がりの二十歳前の年齢でこういうものを耽読したということが、彼の脳と胸に或る烈しい影響を与えたということは否定出来ない。――

という箇所に来て、私は頭を傾《かし》げた。自殺した叔父というのは、父方の従兄弟の芳英であるからだ。芳英は、太田の山田医院禎蔵の長男である。阪大医学部在学中にノイローゼとなり、自殺したという。非常に優秀な学生で、禎蔵医師は山田医院を継ぐものとして、最も期待していた息子であった。

この風太郎の父方の山田家の家系は調べてみると、大変な家系であった。

私はかつて、五年間がかりで山田家の家系図をつくり、風太郎さんを訪ねた。今から十三年ほど前平成十一年（二〇〇〇年）のことである。風太郎さんは、車椅子から身を乗り出し、目をきらきら輝かせてご自分の家系図の話に興味しんしんという感じであった。

「風太郎さんの祖先は出石藩の年寄り、山田八左衛門という人なんですね。江戸時代に起きた、あの有名な仙石騒動の関係者なんですね。無実の罪で断罪された悲劇の家系なんですね。しかも、但馬では最も有名な人物である加藤弘之（初代東大総長）とお父さまの太郎さんはまた従兄弟という関係にあり、その加藤弘之の孫が、探偵作家浜尾四郎や俳優の古川ロッパなんです。まるで、風太郎さんの書かれている小説のような系図ですね。特に仙石騒動を、御自分の先祖の恨みを晴らす小説として是非書いてほしかったです」

「そんなこと言ったって、ぼく、いま初めて聞いたんだよ。無理だよ。それにしても、あんた詳しいねぇ。誰に聞いたの。僕のこと、僕よりよく知っているねぇ」

と感心しきりという様子だった。そして、

「僕はもう、足も手も麻痺してててね、何も書くことできないんだよ。僕の代わりにあんたかいてよ。僕よりよく知っているんだもの」

「風太郎さんのエッセイに、善玉、悪玉について書かれたものがありますね。あの文章を読んで、ああ、風太郎さんは、仙石騒動のことを書かれていると思いました。悪玉の代表みたいに言われてきた仙石左京は、実は忠臣であったということを知っておられたので、ああいうエッセイを書かれたのじゃありませんか」

「いや、あれは、仙石騒動のことじゃないよ。全く僕の考えを一般的に書いただけだよ」

「そうですか。でも、時代物や歴史物の天才的小説家である風太郎さんに、仙石騒動の真実という小説を書いてほしかったですねぇ」

　すると、少し憮然とした表情になり、

「だって、知らなかったんだもの……」

　しばらく沈黙のあと、

「でもね、なんで僕の父や叔父はこんな山奥にきて、医院を開業したんだろう、って疑問におもっていたんだよ。だって、日高町の方が開けているし、大きな町だしね。そうか、家の前にあった土岐医院との関係だったんだね。土岐医院は、僕が中学生（旧制豊岡中学校）の頃まであったんだが、その後、壊されて更地になっていたね。おばあさんが一人いたが、ぼくのおばあさんだとおもっていたんだよ。でも、この家系図じゃ、父の姉の里子さんだったんだね。少しも知らなかったなあ」

「その里子さんのことですが、日高町の風太郎さんの従兄弟にあたる山田誠さんから、こんなお手紙をもらいました。読んでみますね。

――……誠也さんのお母さん、寿子叔母上とは、祖母（しげ）の初盆の折だったでしょうか、墓参の時、多勢の親戚の中にひそやかな美しい横顔が印象的でした。

先日、貴女様がアルバムの写真をごらんになって「美しい方ですね」と言われた時、同感が得られて嬉しく思いました。

ご主人に当たる太郎叔父が急逝したため、家の為に犠牲的なご結婚（筆者注・夫太郎の弟と再婚したこと）をされました。しかし、お子達の成人を、特に出世されたお子息（筆者注・風太郎のこと）を見ずに早逝されたことは誠に残念なことでした。

同じ関宮に暮らす里子叔母――長兄禎蔵の姉――もまた一層不幸な人でした。

太田――里の実家の村――の村祭りには乗馬で数名の従者を引き連れて、時には二十名ほども、……大名の直系で上席家老の次男坊として身勝手な物見遊山の気分で、……接待に当たるしげ祖母は毎年地獄のような憂き目の厄日だったとか。祖母は多忙な時には関宮へよびつけられて尊大にふんぞり返ったお殿様（？）から雑用を強いられたと聞いております。兄が獄門で断罪され、時勢も身分も大きく変わり、放蕩《ほうとう》にくずれたその人の死後、親戚の助けを頼らなければならない落はくの境遇の中に、里叔母上は人の幸せをねたむ思いばかりがつのった人のようでした。どうして下々の家から家柄の高い家へ嫁がれたことか不思議です。

関宮の土岐医院の家から距離を置き、新築した新しい山田医院として新しく開業したのは、いじめから避けるための寿子叔母上への心遣いが大きかったことと推察されます。――

……と、色々書いてくださっています」

「ふーん。しらなかったなあ」

と、さもおもしろそうに、ますます身を乗り出してこられた。

この時、風太郎さんとお話してはじめて、山田家に繋がる家系図のことをご存じなかったということを知った私は、急遽、一冊の本にまとめて、その年の終わりに『もうひとりの山田風太郎』（砂子屋書房刊）を出版した。早く風太郎さんに見て欲しかったからである。

本が出来てから、再度訪問して、私の本について伺ってみた。間違ったことなど書いていなかったか心配だったのだが、感想は「僕の知らないことばかり書いてあって、へぇー。へぇー。と感心するばかりだったよ」とのことだった。

ところが、風太郎さんの病状篤く、出版を急いだので、取材漏れや新たな発見が相次いだため、『もうひとりの山田風太郎』を加筆し、新訂『もうひとりの山田風太郎』（出版芸術社刊）を刊行した。

しかしながら、この本は、風太郎さんに読んでもらうことは出来なかった。

風太郎さんが亡くなって八年が過ぎていたからである。

さて、「早春の追憶」についてであるが、これは中止と書いてある。なぜ中止としてしまったのだろうか。

私の想像であるが、関宮での辛かった思い出が、いやがうえにもこの物語を書くにつれ、追体験されて辛くなり、書くことができなくなったのでないだろうか。

諸寄で、失意の日々……習作では、千尋は、中学校を卒業する前後から暫く軽い肋膜を病んで、上の学校に入るまで母方の祖父の家で暮らした、と書いてあるが、実際は上の学級を不合格となり、母の実家である諸寄で、浪人生活をしていたのである。そこに、関宮小学校時代の同級生の西垣さんが訪ねてくる。

小谷安太郎さん（小学校時代の同級生）の話では、関宮小学校時代の風太郎は、成績優秀でトップクラスだった。同級生の中に特によく出来る生徒が三人おり、一番が西垣君、二番が風太郎、三番が前田一男君。いつも一緒だったから、「三羽ガラス」と他の生徒たちに呼ばれていた。西垣君の家は関神社の近くの金物屋で、前田君の家は古い地主の家、いわゆる旦那さんだった。風太郎は、関宮に一軒だけのお医者さんの家で、村の人々は風太郎のことを「坊ちゃん、坊ちゃん」と呼んでいました。

小学校を卒業すると、風太郎は、旧制豊岡中学校へ進学する。この中学校は但馬では指折りの有名校で、校長の息子とか、医者の息子とか、名家の子息でなければ進学できなかったそうである。

前田君は関宮小学校高等科に進む。西垣君だけは、商家のあとを継ぐため、大阪に奉公に出されたという。クラスで一番の成績をとろうと、級長の座をずっと維持していたとしても、卒業すれば、なんの役にも立たないのである。二番、三番は、上の学校に進学。一番は、就職しなければならない。頭の良い西垣氏にとっては、どんなに悔しかったことであろう。

ところが、飲み込みもよく、要領のよかった西垣氏は、風太郎の失意の日々を知り、諸寄に訪ねる。

立派な社会人になり、金回りが良いだけではなく女遊びにも慣れている、こんな自分をみせつけたかったのである。

小学生の頃から、「……千尋の親の見ているところでは、『坊ちゃん』と呼んで、学校に行くと『桐嶋君』と呼んだ。……」そういう抜け目のなさが、西垣氏にはあった。しかし、風太郎はどうしても勝てない西垣氏を尊敬していた。また、畏怖もしていた。

そして、いっぱしの商売人となって、お金について、女について話し合ううちに、風太郎は西垣の「悲しみ、辛さ」を見てしまったのである。かつての「坊ちゃん」に自分の方が、やはり勝っているのだというつまらぬ見栄や虚勢を西垣の中に見てしまったのである。おそらく、この話は創作ではなく、事実であったのだと思う。西垣という友人の名も実名であるし、彼の人物像・家庭環境もそっくりそのまま実写してある。そして、思い出を書いているうちに、当時の西垣氏の気持ちや西垣氏に対する自分の気持ちが、追憶と共に甦《よみがえ》ってきたのではないだろうか。そして、止む無く中止にしてしまったのではないだろうか。

「三羽ガラス」のその後は、一番ガラスの西垣氏は、戦争にとられたのち帰還したが、関宮に帰ってきて家の金物屋を継いだものの、すでに戦地で病気にかかっていたのかすっかり病身となり、早くに亡くなってしまった。

しかし、私はこの西垣氏に大変助けられた思い出がある。（といっても、すでに西垣氏は亡くなっておられたが……）

昭和六十一年（一九八六年）頃のことである。東京に長く住んでいたのだが、東京の水が合わず、故郷但馬の思い出を書きなぐって憂さをはらしていた。ふと、私の小学生時代の思い出を童話風に書いてみようと、童話を書き始めた。「但馬の鮎太郎」と題して、但馬弁で書くことにした。しかし、書き始めてみると、長い東京生活で正確な但馬弁があやふやなのである。そこで、関宮にずっと住んでいる同級生に相談してみると、ああ、それなら良い人がいるよ。西垣さんといって、ずっと病気がちで寝ていた人なんだけど、病床で、関宮弁や伝承の話、子供の昔の遊びなど、ノートに書き残しておられる。何でも書いてあるし、きっと参考になると思うわ……ということで、すぐにそのノートが送られてきた。大学ノートに細かい字でびっしり書かれていた。所々字がふるえており、またかすれており、読めない箇所もあったが、よくもこれほど集められたものと感嘆してしまった。このノートに助けられて、但馬の方言で書いた童話「但馬の鮎太郎」「但馬のかんちゃん」（どちらも冬青社刊）は完成した。

二番ガラスは前田一男氏である。氏は私が関宮小学校三年生、四年生の時の担任の先生である。生徒に教えるとき少し顔を天に向けて話された。そのとき口も上にあがるので、私たちは、前田先生のことを「ぼーふら先生」と呼んでいた。

ぼーふら先生は、生徒に作文を書かせることが大好き（？）な先生で、よく作文を書かせられた。

ある時、前田先生に呼び出された母が、変な顔をしてかえってきて、わたしを呼んだ。

「前田先生に叱られた。どうしてあんなことまで倶子は作文に書くのか。恥ずかしかったわ」という。そして、私の書いた作文に赤丸がいっぱいつけてあるのを見せられたという。よく覚えていたわけではないが、母に内緒で、マルという犬を飼っていた。子犬のときは隠せたのだが、マルはすぐに大きくなってしまった。シェパードの雑種だった。どんどん大きくなり、いまにも母にみつかりそうで、はらはらしながらマルを飼っている……というような作文だったらしい。子供の気持をたいせつにして、マルを公認してやれ。と言われたそうである。そのお叱りの効果はてきめんで、その日から堂々と飼ってもよいことになり、私はそれに味を占めて、今度は猫を飼いたいとか、うさぎも飼いたいとか、作文に何でも書くようになったことを覚えている。

前田先生が関宮小学校の校長先生になったとき、関宮小学校が創立百年という年を迎えた。そこで、当時押しも押されもせぬ人気作家として一世を風靡《ふうび》していた風太郎に、記念碑の文を前田先生が依頼した。前田君の頼みだから断れないと、「風よ　伝えよ　幼き日のうた」という文が送られてきた。旧小学校の玄関口にでんと今も鎮座している、貴重な記念碑である。

「雪女」について。

この作品は、昭和二十一年（一九四六年）、探偵小説専門誌「宝石」の懸賞募集を見て、小遣い欲しさに投稿した作品である。このことは前述したが、「達磨峠の事件」と二編応募したところ「雪女」の方は、残念なことに落ちてしまった。しかし、選者であった江戸川乱歩からは高く評価された。作家デビュー後の昭和二十三年、最初の単行本となった『眼中の悪魔』の中に収録された。（岩谷書店刊）また、出版芸術社の「ふしぎ文学館」シリーズにも平成七年に収録され、さらに平成十四年光文社文庫より「山田風太郎ミステリー傑作選」八巻にも収録された。

故に、この作品は未発表ではないが、ノートを見るにこの作品だけは書き直しが多く、またある箇所は黒く塗りつぶしてあったり、枠外に読み取れないような字で書き込みがしてあったりする、非常な努力のあとが見られるのである。おそらく、他の作品の「乳房」「紫陽花の君」「早

昭和四十年頃のスケッチブックから

春の追憶」と書き散らした草稿からノートに写してゆき、最後の「雪女」は、残ったページに直接書いていったようだ。

——「—貴方、雪女って、知っていますか？」——

いきなり、この問いかけでノートの方ははじまる。この始まりかたが、大変印象的であるが、後に発表された方では、

——あなた「雪女」って怪談、知っていますか？　聴いたことがない？　へへえ、あなた、生れは確か鶴岡と聞いたが、そんな伝説はありませんかね。私の故郷——山陰の但馬国《たじまのくに》には、昔からこういう名の怪談が語り伝えられています。

つまり、これは、幽霊の名前なんですね。

……——と、会話が長くつづく。

物語と登場人物、背景などの設定は、ほとんど変えていない。

実は、風太郎の家と私の家は中瀬の金昌寺（曹洞宗）の同じ檀家であった。風太郎の父・太郎が関宮に医師として日高町から移ってきてからは、同じ檀家同士の付き合いもあり、また、父が檀家総代をしていたが、太郎医師も三役の一人として、お寺の役員をしていた。昭和二年のことであるが、土岐家から分かれて、土岐医院の前に陣屋屋敷を移築し、山田医院が大変な工事の末に完成した年であった。

師走になって、お寺で問題が生じた。三役がお寺に集まり、若いほうの住職と烈しい口論となったらしい。今のいままで、激怒して烈しく意見を言っていた太郎医師が、急に黙り、どっと倒れてしまった。あわててお寺に寝かせ、大谷より医師を呼んだ。診断は脳出血とのことだった。太郎医師はそのまま意識不明となり、三日間寝ていたが、十二月二十五日に、一言大きなため息のような声を発して亡くなったという。隣にいた私の父の前で倒れ、三日間ずっと見舞いながら、祈るように見ていた父は、その時の様子をつぶさに日記に書き残していたのである。

「雪女」の舞台はこの太郎医師が急死した場所である金昌寺となっている。

怪談を書く舞台として、これほど適した寺はなかったのであろう。

私の父は怪談話が好きで、幼い私によく怪談話をして聞かせた。しかも、里から離れた山の上に立っている金昌寺で話してくれるのである。とくに、父の話してくれたなかで「雪女」の話が怖かったのを覚えている。吹雪の夜など、大雪が積もると電灯が消えてしまうことが多々あった。そんな時、父は「こんな夜は、雪女が出てくるよ。ほら、ほら、吹雪の中を歩いているんだよ」などと言っては私を怖がらせた。怖いながらも、父の話はおもしろくもあり、ふるえながらも父にリクエストをしたりした。

「四谷怪談」「番町皿屋敷」「化け猫物語」「のっぺらぼうの話」などなど、まるで芝居をみているように、顔の表情を変え、声を変え、はては身振りまで演じるので、息をつめて聞き入っていた。

その父が、ある時、金昌寺にまつわる不思議な話をしてくれた。

「先代のご住職がまだ元気で、この寺も何百人もの檀家があり、活気に満ちていたころじゃった。ある日、この寺に薄汚れたみるからに貧しく、乞食のような坊さんが、よろよろと入ってきて倒れこんでしまったそうじゃ。何も食べていなかったらしく、がりがりに痩せていたそうじゃ。

可哀想に思い、そのまま寝かせ、食べさせ、看病してやった。何日かして元気になったので、またどこかに行くのだろうと思っていたら、そのまま居ついてしまったんじゃ。そして居候じゃで、寺の仕事――掃除とか、檀家へのお参りとか――をしてくれると思いきや、何もせず、ただ絵ばかり描いているんじゃと。それに、その絵は鷹の絵ばかり描いておるんじゃ。松の枝にとまって、何か獲物をねらっているところばかり描いて、それはもう、すごい迫力のある絵じゃった。

あんまり絵ばかり描いているものじゃで、ご住職は、寺の本堂の襖に描いてくれるように頼んだそうな。そうすると、もう、食事もとるかとらずに、明けても、暮れても襖絵に没頭して絵を描いていたそうな。一年ほど描いていたが、本堂の襖だけではなく、厨、居間、食堂、寝間の部屋の襖という襖の全部に鷹を描いた。しかし、その絵はあまりに烈しく怖いような絵だったので、お参りに来る人々には不評だったそうな。

「こんな怖い目で、あっちからもこっちからも睨まれていたら、落ち着かん」といわれたそうな。絵が仕上がったとたん、その風来坊は、どこへともなく去ってしまった。襖絵は、寺だけにあるのは気味が悪いので、風太郎の家と、私の家と、三役の一人、片岡さんの家に分けて、お寺には一部だけにした。

これがわずかに今でも残っているその襖絵じゃ。ところが、ご住職が後になって、滋賀県に旅行し、あるお寺に寄ったところ、あの同じ鷹の目の襖に会った。

びっくりして尋ねると、今売り出し中の著名な画家の絵であるという。

金昌寺をでてから、滋賀県へ行き、そこで本格的な絵師になったのだという。

一方、この金昌寺は不幸続きで、檀家も数十軒に減り、貧乏寺になってしまったんじゃ」という話であった。

「雪女」の絵師のモデルが、金昌寺のこの絵師であったかどうかはわからないが、もう一人モデルとしたのではないかと想像する絵師がいる。それは母方の曾祖父に小畑稲升《おばたとうしょう》という絵師がいた。稲升は鳥取藩のお抱え絵師であったという。鳥取城の襖絵はすべて稲升が描いたものであったが、この城は焼けてしまい、絵も全て焼けてしまったそうである。稲升は特に鯉の絵を得意として、「鯉の稲升」と呼ばれていたそうである。

ところで、風太郎の小学生時代の友人は口をそろえて、

「誠也君は、絵ばかり描いていた。しかもばつぐんに絵が上手で、ぼくたち同級生を集めては、あっという間に軍艦の絵を描いて見せてくれたり、チャンチャンバラバラしている武の絵を描いてくれたりした。きっと将来は有名な絵描きになると思ってましたわ。まさか小説家になるとは思いもしませんでしたなあ」と私に話してくれたものである。

おそらく、風太郎には、母方の曾祖父、小畑稲升の絵師としての血が受け継がれたのではないだろうか。

曾祖父の絵を小畑家で見せていただいたことがある。

七枚ほどあった。すべて美しい装丁をされて、掛け軸になっていた。もちろん、鯉の絵もあった。三匹の鯉が身を重ね合わせるように泳いでいる絵であった。絵心のない私には、どれほどすばらしいものかはよくわからなかったが、それらの絵の中に一枚の人物画があった。鋭い眼光を光らせて、こちらを見据えている白髪の老人の絵だったが、びくりとさせられた。見るものをひ

きつけて離さない眼光が気味がわるかったことを覚えている。

絵を私に見せてくださり、大切にその古い絵を保管されてきた小畑重子さん（風太郎の母方の叔父・小畑節夫氏の妻）に、ふと、風太郎さんはこれらの絵を見たことがあるのでしょうか？　と、尋ねてみた。

「ええ、見ているとおもいますよ。小畑家にとっては、これらの絵は家宝のようなものですし、父の義教医師は、たった一人の娘だった風太郎さんのお母さん（寿子さん）を、それはかわいがっていたときいています。男の子は六人もいたのに、四男・典夫は阪大医学部を卒業後に軍医として出征し広島で被爆死。五男・康夫も阪大医学部を卒業後に軍医としてとられ、ビルマで戦死しました。上二人の兄が優秀で医学部に進学しましたので、小畑医院をどちらかが継いでくれるものと思い、一番末の男だった私の夫の節夫は、電気専門学校へ入学し、卒業後は電気技士となり好きな道に進むことが出来ました。自分の跡を継いでくれると期待していた二人の息子を戦争で亡くし落胆しているなか、一人娘の寿子も三十八歳で亡くなってしまった。寿子の残した誠也さんが、中学時代ぐれてしまい、たびたび停学になったところを、小畑家に引き取り世話をしたのです。誠也さんの将来を心配し、養父母に馴染まないのなら、いっそのこと、こちらに引き取り、医科大学へ進学させ、小畑医院を継がせようかと舅の義教医師は言っていたそうです」

風太郎も母の実家の小畑医院は、関宮の実家よりも馴染んでいたようである。小学四年生、五年生のときには、母と風太郎と妹の一家で小畑家に引き取られ、諸寄小学校に通っているし、「早春の追憶」で見たように、入試に失敗した風太郎は、小畑家で一年間の浪人生活をおくっている。

医科大学に進学したのち、祖父が死んだという電報をみて、諸寄に飛んで帰ったところ、祖父の小畑義教はピンピンしており、「祖父死ス」は友人の祖父であったという勘違いをしていたことに気づいた。しかし、諸寄に飛んで帰る汽車の中で、祖父の後を継がなければならないと思っている心を日記に書いている。

自分の実家よりも馴染んでいる諸寄の小畑医院の先祖が小畑稲升という絵師であったこと、その絵師の血が風太郎に受け継がれたことで、但馬に伝わる「雪女」の怪談話を絵師の異様な執念にかえて、怪談を創ったのではないだろうか。

やはり、小畑家に居る間に稲升の絵は見ていたであろうし、祖父より稲升の話も聞かされていたであろうと推測する。

金昌寺の奇妙な絵師の話は、その絵がいまだに風太郎の実家の襖に描かれたままになっているので、多分、その絵の作者のことも誰かに聞いたのだろう。

父が不幸にも急死してしまったお寺に謎の絵師がおり、奇妙な襖絵を描いた。母方の祖父は、天才的な絵師だった。――この二人の絵師をモデルにして「雪女」は出来上がったとみている。金昌寺のことは、「雪女」では、「金雲寺」と書いてある。

「朝馬日記」は、旧制豊岡中学（兵庫県立）の達徳会が出している機関紙「達徳」に載った、山田誠也少年の創作である。昭和十二年七月刊。当時、中学三年生であった。

風太郎が初めて小説を書いたのは、いままでは受験雑誌「受験旬報」（後の「螢雪時代」）の懸賞小説に応募した「石の下」と見られていた。しかし、ここに収録した「朝馬日記」は、昭和十二年発行の機関紙に発表されており、中学三年生の時に書いたこの作品が、はじめての小説となると考えられる。

そう思い、風太郎の一番初期のものばかりを集めて、平成二十年、出版芸術社より『橘傳来記』を出版した。ところが、それに収録した「朝馬日記」は、二ページほど雑誌から抜け落ちていたということが、最近になってわかったのである。新たに、抜け落ちていた箇所を発見したので、ここに全文を収録した次第である。

『橘傳来記』を編集した私の手落ちであり、その本を読まれた読者の方々には、改めて不備をお詫び申し上げます。

わずか十五歳の少年風太郎が、すでに鋭い観察力で人間社会の風刺ともいえる「朝馬日記」を書いていたことに、まずおどろかされた。この作品を読むとあの夏目漱石の『我輩は猫である』が、髣髴《ほうふつ》と浮かんでくるようであった。それと、――村の黒い閉め切った家並みの間から、

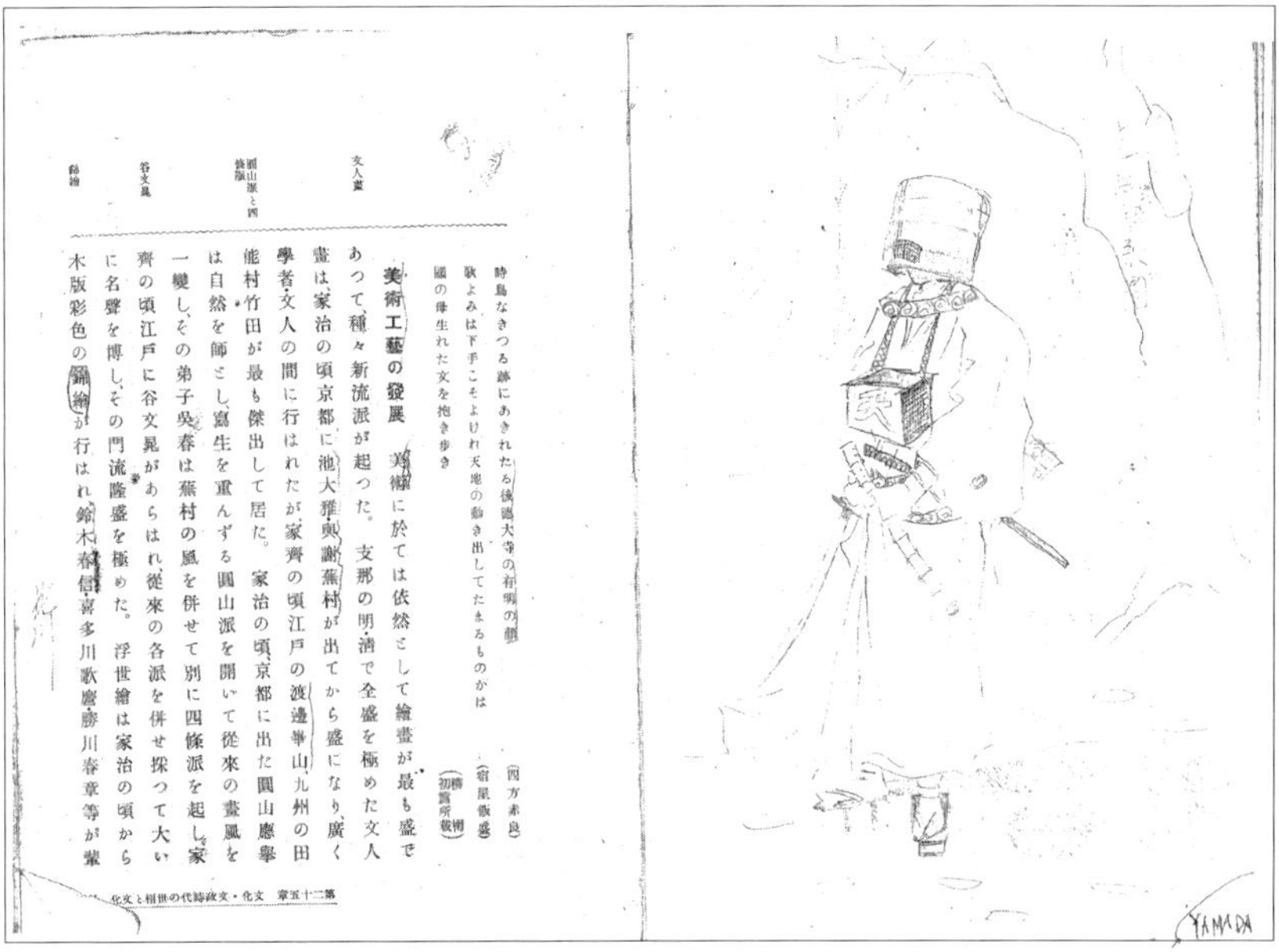

時鳥なきつる跡にあきれたる後徳大寺の有明の顔　（四方赤良）
歌よみは下手こそよけれ天地の動き出してたまるものかは　（宿屋飯盛）
國の母生れた文を抱き歩き　（柳樽初篇所載）

文人畫
圓山派と四條派
谷文晁
錦繪

美術工藝の發展　美術に於ては依然として繪畫が最も盛であつて、種々新流派が起つた。支那の明・清で全盛を極めた文人畫は、家治の頃京都に池大雅・與謝蕪村が出てから盛になり、廣く學者・文人の間に行はれたが、家齊の頃江戸の渡邊華山、九州の田能村竹田が最も傑出して居た。家治の頃、京都に出た圓山應擧は自然を師とし、寫生を重んずる圓山派を開いて從來の畫風を一變し、その弟子吳春は蕪村の風を併せて別に四條派を起し、家齊の頃江戸に谷文晁があらはれ、從來の各派を併せ採つて大いに名聲を博し、その門流隆盛を極めた。浮世繪は家治の頃から木版彩色の錦繪が行はれ、鈴木春信・喜多川歌麿・勝川春章等が輩

第二十五章　文化・文政時代の世相と文化

風太郎が中学一年生のときに、同級生の中島茂美さんの
教科書（日本史）に書いたイタズラ描き

空はうす青く澄みわたっている。地には白くつめたい霧がはふ。地面はいつの間にか、黒く、しっとりと、ぬれている。

――というような美しい描写の文章、とても少年のものとは思えない。この作品だけを見ても、後に天才作家と言われるようになる風太郎を暗示しているような作品であると思う。

なぜこうもうまい文章が、中学生時代に書けたのだろうか。

風太郎はいままで述べてきたように、小学生のころは絵ばかり描いており、文章を書いていたという話は一人として聞かされなかった。

中学一年、二年の同級生に教科書を借りて教科書の空欄があると、授業中いたずら

書きをした。返されてきた教科書には、表紙のうら、白い空欄にはびっしりと絵が描いてあったそうである。

ところが中学三年生から、「達徳」の毎号に風太郎の文章が載り始めたのである。しかも、「達徳」だけでは物足りず「受験旬報」に、昭和十五年から毎年応募して一等賞をとっているのである。昭和十八年までつづき、合計九編もの小説が入選している。（風太郎自身は、六編ほど応募したと書いているが、『橘傳来記』に九編収録できたので、九編が事実である。）

中学二年に上がる年の三月、母の寿子が病死してしまう。三十八歳の若さだった。病名は肺炎とされていたが、実は結核であったという。

母寿子の実家の小畑義教医師は、名医として評判の医者であった。諸寄では、小畑医師のことを、「昭和の赤ひげ先生」と呼んで尊敬し、信頼していたという。

「関宮から、姉の寿子の病気を知らされた父はすぐに駆けつけました。しかし、もう寿子は顎があがっており、虫の息だったそうです。父は結核も初期なら治せる腕をもっていましたから、もっと早く知らせてくれていたら、ぜったいに治したのに、と悔しがり、怒り、とうとう寿子の骨は小畑の墓に入れるといって、引き取ってきたほどでした」と、小畑節夫さんは私に何度も話して下さった。風太郎も豊岡の寮に入っていたのだが、母・危篤の知らせを受けて帰ってみると、もうすでに死亡していたという。

母の死によるショックで、まだ立ち直れないでいる風太郎に、更なる追い打ちをかけることが起きた。わずか母の死後一年も経たないなかで、叔父でもあり、養父である孝医師が再婚したのである。

風太郎にしてみれば、関宮の実家は、養父母の家庭となってしまった。もはや、自分の居場所はない……という孤独感にさいなまされたであろうと思う。

一年生の時には成績はトップクラスであり、性格も穏やかで真面目であったが、二年生の頃から、学校はさぼる、成績は下がる、寮の規則は全部破るという荒れた生活になっていった。停学も三回受けている。「風《かぜ》」「雨《あめ》」「雷《らい》」「想《そう》」と、暗号で呼び合う悪い四人組を結成。学校や寮で暴れまわっている。

しかし、いくら暴れまわっても、寂しさは消えてくれない。いくら自分をごまかしても、虚しさだけが残ったのではないだろうか。

そのとき暴れまわった仲間のうちの一人「雷」太郎——小西哲夫氏——への書簡が多くみつかったので、平成十六年（二〇〇四年）神戸新聞総合出版センターより、『山田風太郎疾風迅雷書簡集』にまとめて出版した。その中に、どんな悪いことをしてまわったかを自らの手で詳しく書いている。この「雷」太郎、すなわち小西哲夫氏をモデルにして、風太郎は作家になってから、小説を書いている。これが、ここに収録した「話せる奴」である。これについては後に述べるとして、ここでは、荒れていた中学生の風太郎に、最も影響を与えた友人・吉田靖彦氏について書くことにしよう。『疾風迅雷書簡集』にも、その一部を載せたのであるが、彼とは、中学卒業後も作家になってからもずっと文通が続いていた。吉田氏が亡くなられてから、奥様より風太郎からの書簡が（なんと、昭和十八年から五十年までの書簡五十通）送られてきたのである。

『疾風迅雷書簡集』を出す前、神奈川県相模原市に、吉田氏を訪ねた。

「山田君とは、中学三年生のとき親しくなりました。僕は下宿をしていて、山田君は寮に入っていたので、一年生、二年生の時はあまり知りませんでした。ところが、退寮処分を受けた彼が、僕の隣に下宿することになり、毎日顔をあわせるようになったんです。しかし、山田君については、同級生の中で悪い噂が出回っていましたので、ぼくは親しくしないように距離を置いていました。ところがある日、山田君が妙にちぢこまり、ぼくに一緒に担任の先生に謝りにいってはくれないかと頼むのです。もうすでに、二回ほど停学処分を受けているし、退寮処分にもなっている。今度は、退学処分になるかもしれない。ついては、クラスで一番成績が良く、クラス委員長の真面目な君に一緒に謝ってもらえば、退学まではならないかもしれないからと、ひどく落ち込んで頼むので、可哀相になり一緒に謝りに行きました。担任の先生は「吉田がそこまで言うのなら、今度だけは見逃そう」と言ってくださり、退学は逃れたのです。三年生のときにクラスも一緒になり、こういうこともあったことで、山田君と話をするようになりました。ぼくは、山田君は不良だとばかり思っていましたが、話してみて驚きました。僕が読んでいる本を全て読んでいたのです。恥ずかしいことに、中学生で自分ほど本を読んでいる奴は居ないと自惚れていました。ぼくは、早くから短歌を作り、短歌雑誌に投稿し入選したりしていましたので、いっぱしの文学青年、文学者をきどっていました。そのうち、対抗するように「達徳」に山田君の俳句や文章などが載るようになり、ぼくと山田君はお互いの作品を批評しあい、文学論にも花を咲かせるようになりました。夜も寝ないで、読んだ本の感想や批評など話し合いましたが、どんな本をよんでも、山田君にはかなわないなあ、と思うようになりました。やがて戦争が始まり、ぼくは学徒出陣しました。山田君は、そのころ関宮の家を飛び出し沖電気につとめていました。学徒出陣する僕を一目見ようと、皇居に駆けつけてくれたのですが、山田君は遅れてしまい、会えませんでした。そのことを後で手紙で知らせてくれました。その手紙は今も持っていますが、まるで小説の、しかも純文学のような手紙です。

ぼくは戦後、辛《から》くも生き残り、故郷の丹後で療養生活を送っていましたが、山田君からの手紙が慰めとなりました。後に上京して東京外国語大学に入学、卒業後はあちこちの大学の教師をして、最後は青山学院大学で定年を迎え、現在は同大学の名誉教授をしています。ぼくにとっても、最も影響を与えてくれたのは山田君です。これらの山田君の書簡をいま有本さんに差し上げるわけにはゆきません。なぜなら、ぼくに最も影響を与えた、山田君との交友録を本にしたいと思っているからです。本が書けましたら、必ずこれらの書簡全てを山田風太郎記念館に寄付しますので」

と話して下さった。

しかし、私が訪ねた翌年、吉田氏は亡くなられてしまい、山田風太郎との交遊録も出ずじまいになってしまった。そして、吉田氏の死去の翌年、前述したように、奥様から五十通にもなる書簡が送られてきたのである。

私は吉田氏のお話を聞いて、三年生の時から風太郎が小説を書き始めた理由がよくわかったような気がした。小西氏、雨太郎（岡弘氏）、想太郎（山村澄氏）らと暴れまわっても、風太郎の心は「酸欠状態」であった。そのような時に、吉田氏と出会い、共に本を読みあった。そして、雑誌などに創作を発表していった。載った作品について、また二人で批評しあい、自慢しあったにちがいない。不良仲間にはない、心の慰みを感じたのではないだろうか。次第に創作に夢中になり、五年生になって肝心の受験勉強はすっぽかして小説ばかり書いていたのがたたり、受験には失敗してしまう。一年間、母の実家の諸寄で受験勉強に励むことになったのに、これまた、懸賞小説に応募の小説ばかり書いていた。その結果また、高等学校の理科に不合格となる。関宮の養父は、今度は誠也の望む文科でもよいから、真面目に受験勉強しろと、父や養父の実家に預けようとした。しかし、誠也にしてみれば、毎年面接で落ちていたので、たとえ文科を受けていたとしても結果は同じだろうと思い、太田《ただ》には行かず、東京へ出奔してしまったのである。

この間に描いたのが、「受験旬報」に載った「石の下」「鬼面」「三年目」「陀経寺の雪」「鳶《とび》」「白い船」の六作である。吉田氏はこの中で「陀経寺の雪」が一番よく書けていたといわれたが、私は「鳶」が一番すきだった。余談ながら、あまりに良くかけていたので、関宮中学校（風太郎の母校）の生徒にこの「鳶」の脚本を書いて渡したところ、それが中学生の劇コンクールに二位となったことがあった。

昭和十七年に「受験旬報」が改題した「蛍雪時代」に「勘右衛門老人の死」が、昭和十八年には「国民徴用令」「蒼窮」が掲載された。どれも東京で書いたものである。山田風太郎という名ではなく、春嶽久《しゅんごくひさし》というペンネームで書いている。何故か。これら三作品をみると、がらりと変わった書き方になっている。当時の軍国主義にかなった、戦争賛美の内容である。これは家出した風太郎は当然、関宮からの援助はなく、生活費に困って小遣い欲しさに書いた小説だからである。懸賞金を得るには時流に合わせた小説を書くしかなかったのではなかろうかと思う。それゆえ、名前も変えて書いたのではないだろうか。吉田氏に読まれたとき、おそらく軽蔑されるかもしれない、などという気持ちもあったかもしれない。

『橘傳来記』に収録した、これらの中学時代、浪人時代の初期作品によって、すでに作家山田風太郎は誕生していたと私はみている。

「話せる奴」

この作品は作家としてデビューした後の作品である。しかし、デビュー後の何年にかかれたものかは、不明である。昨年（平成二十四年）の十二月、風太郎邸を訪問したおり、啓子夫人より、「こんなぼろぼろなのが出てきたんですが、要りますか？」と、二階の書斎で見せていただいた。もちろん、「ええ、要ります。要ります」といただいて帰ったのが、この「話せる奴」と、「日本合衆国」の二本の原稿である。山田風太郎記念館の資料で調べてみたところ、風太郎の全作品の中には、見当たらないし、雑誌にも出ていない。初期の作品集を纏《まと》めた文庫にも収録されていないので、これらは未発表作品であると思っている。

では、なぜこんなに面白い作品をお蔵入りにしてしまったのだろうか。

この小説のモデルは前述したとおり、豊岡中学校の同級生で「雷」太郎こと、小西哲夫氏である。

この人とは生前に何度も何度もお会いした。大屋町に住んでおられたので、私の住んでいる関宮から車で二十分ほどの近さだったのである。

けれど、作家になってからの風太郎のすべてが聞けると思っていたのだが、全く当てが外れたのである。

「僕は海軍に入り、広島の海軍学校に進んだが、中尉になった頃には後に有名となる方たちとも一緒で、その後の有名人の一人、某氏の彼女とは三角関係になり、僕がとってしまったりしたこともあったなぁ……」

と、えんえんと御自分の海軍の話がつきない。三時間もお邪魔したけれど、風太郎の話はついにきけなかったのである。最初の日はそれでも初めてだから仕方がないかと、次の日にまた出かけていったのである。ところが、また昨日と同じ話がホントかウソか、えんえんと続くのである。それでも途中、側にあった電話をとり、番号も見ずにすらすらとダイヤルを回し、いとも慣れた調子で、

「ああ、啓子さん？　どんなかね。山田の様子は。ふーん、そうかね」

と、啓子夫人と大変親しそうに話しておられた。

その電話のやりとりで、現在も確かに風太郎とは交友が続いていることがわかった。

小西氏より、現在の風太郎さんの健康状態があまり良くないことを聞かされて、三日目の訪問のあと思い切って、風太郎本人にお目にかかろうと決心をしたのである。

風太郎さんにお会いしに行くと小西氏に告げると、「僕の紹介がないと山田は人には会わないいんだよ。たとえ、天皇陛下が山田の家に来ても会わない、そんな奴なんだよ。そうか、有本さんが行くのか。じゃあ、ぼくから電話しといてやろうか？」とおっしゃる。それを断り、風太郎邸を訪問

したのだった。風太郎さんの亡くなられる、三年前のことだった。

お目にかかってすぐに、小西さんに言われたことをお話しすると、

「いやー。小西はすぐそんなことばかり言うんだよ。ぼくも困ってしまうよ。それに小西の話は長いだろう。前ね、よくうちに来ていたんだよ。朝から晩まで海軍の話さ。しかも、何度も何度も聞いた話なんだけどね。ぼくは閉口してトイレに逃げ込むんだよ。そしたらね、トイレの前のドアの所に椅子を持ち出してね、その椅子に腰掛けて、ドア越しに話すんだよ。『おい、山田、きいてるか?』ってね。原稿用紙を抱えて出るに出られず、中にいつまでもおられず、原稿は書けず、参ったよ」

と、それでも愉快そうに話されるのである。小西さんの話で私はすっかり緊張もとれ、病床の風太郎さんと、三時間もの長い時間お話をすることができたのである。そして、快くその時書いていた『もうひとりの山田風太郎』の本も出してよいという許可もいただき、思いがけず、「山田風太郎記念館」を建てることにも賛同いただけたのであった。ひょっとしたら、小西さんのおかげであったかもしれない。

風太郎さんから聞いた小西さんの話は、そっくりそのまま小説になっている。昭和五十七年、「ショート・ショート・ランド」に「しゃべる男」というタイトルで載っている。これを読んだ時、あまりにも小西さんをよく描《えが》けていて、私はつい噴き出してしまった。

そして、ああこれのことか、と納得したのである。三回目に小西さんを訪ねた時、何かの拍子にこんなことを呟かれた。「山田は長い友達で親友なのに、ひどい奴だ。親友のおれを殺してしまいやがった」と。この時は、どういう意味なのかわからなかったが、「しゃべる男」を読んで、小西さんの嘆きがよくわかったのである。

「しゃべる男」では、作家の家によく遊びに来る中学時代の同級生は、戦時中、海軍の中尉となった。肩で風をきっていた軍人であったが、敗戦。戦後は追放となり、職にもつけず、無聊の日々をおくっている。そこで、東京の売れっ子作家となっている友達の家に来ては十日も泊まってすごす。そして、風太郎さんが話してくれたように、トイレの前で腰掛けて、海軍のはなしをし続ける。あるとき、作家のもとに小さな箱が届いた。

友人の奥さんからだった。箱の中にあったのは、亡くなった友人の舌だった。病で亡くなったので、火葬にした。ところが、舌だけは焼けずに残ったので送ったということだった。食事のときテイブルにその箱をおくと、その箱のなかの舌が「おい、山田、きいてるか?」としゃべったという話である。

「しゃべる男」を書いた後、小西さんに風太郎はこっぴどく嫌味を言われたのかもしれない。ちょうど、私に小西さんがこぼしたように。「山田はひどい奴だな。こんなに長い親友のおれを殺しちゃうなんて」と。

「話せる奴」は、「しゃべる男」の後に書いてはいたのだが発表せず、お蔵入りにしてしまったのかもしれない。「しゃべる男」は、結論はともかく、大変なユーモアがある。特に、小西さんを知っている私には「よくぞ、書いてくれた」と拍手喝采を送りたい小説である。しかし、「話せる奴」はユーモア小説とは言えないもので、とても笑って「山田はひどいやつだ。こんなことを書きやがって」ではすまないであろうと思われる。

風太郎は、小西さんに迷惑をかけられたのは事実である。しかし、風太郎の書簡を見ると、小西さんの海軍での経験や、軍隊生活、軍人の心などをつぶさに小西さんから聞いて「戦艦陸奥」とか「潜艦呂号99浮上せず」などを書いており、戦後すぐの作品には親友小西さんの大きな協力があったのも事実である。

小西さんは晩年、長く病んで、平成十三年（〇一年）に亡くなられた。奇しくも、風太郎が亡くなった二ヵ月後に、まるで後を追うような小西さんの死であった。

いまでは、風太郎の書いた「話せる奴」を発表しても、小西さんに叱られることはあるまい。

「日本合衆国」

この作品も、いつ書かれたものであるかはわからない。こちらの原稿用紙の方が、変色し、ぼろぼろになっている。

比較的初期に、「うんこ殺人」や「陰茎人」など、ユーモアたっぷりのナンセンス小説を書いている時期があったが、あるいは、その頃の作品かもしれない。

内容は、奇抜でユーモアに富んでいる大変面白い作品であるが、惜しいことに、第三章でおわっており、未完のままにお蔵入りとなっていた。

なぜ、未完で投げてしまったのか。

理由はわからないが、できれば完成して欲しかった。

日本をアメリカ合衆国のように47州に分けて、それぞれを独立させるというアイデアは面白いし、第一、第二の立候補者の演説がふるっている。当時の社会や政治への風刺も効いているし、最後の寸感が、いかにも風太郎である。しかし、その三までは書けたけれど、47州全ての立候補者の演説をおもしろく、風刺を効かせて書くのは大変なことである。ひょっとすると、風刺やアイデアが行き詰まってしまったのかもしれない。しかし、一章から三章まではそれぞれに、そこで終わっても違和感のないようにまとまっている。

未完のままにしておくのは、まことにもったいない話であるので、紹介したしだいである。

山田風太郎記念館へのお誘い

風太郎の故郷に住む、関宮《せきのみや》町の町民有志による「山田風太郎の会」が、平成十二年（00年）に設立され、「山田風太郎記念館」建設運動を起こしました。三年間の運動により、平成十五年（03年）、風太郎の学んだ旧関宮小学校跡地に、「山田風太郎記念館」が建ちました。同年四月にオープンしてから、全国各地より、毎年約三千名の入館者を迎えています。

啓子夫人のご厚意により、約一千五百冊もの著書、その著書を執筆していた、机、椅子などを置く書斎を再現したコーナーに愛用品の数々、直筆原稿、創作ノートなどを展示しています。

建物は、風太郎さん自身、「明治もの」が一番良くかけているし、好きな作品と言われていたので、明治時代の蔵をイメージして造ってもらいました。

毎年、風太郎さんの命日の七月二十八日には、記念館にて「風々忌」を行い、風太郎さんを偲びます。また十一月には「風太郎祭」を開催し、映画会、講演会などのイベントを執り行ってきました。

今年は、記念館がオープンしてちょうど十年目にあたります。おりしも、この記念すべき年に、風太郎の未発表作品が見つかりました。

風太郎さんの親友である、出版芸術社の原田裕様に無理にお願いして今年の「風太郎祭」に間に合うようにまとめてもらいました。これが「山田風太郎新発見作品集」です。

今年（平成二十五年）七月二十八日は、風太郎さんの十三回忌になります。この時に、風太郎の初期作品集を出版できたことを、きっと風太郎さんも喜んでいると信じております。

平成二十五年七月十日

「山田風太郎記念館」館長　小谷史郎

山田風太郎記念館・外観

【ご利用案内】

■開館時間
午前9:00～午後5:00（入館は4:30まで）

■休館日
・毎週月曜日（祝祭日を除く）
・月曜日が祝日の場合は祝日の翌日
・年末年始
・陳列替え期間

■入館料
・常設展

区分	個　人	団　体
大人（高校生以上）	200円	150円
小・中学生	100円	80円

＊団体は20名以上
・特別展は別に定めます。

【交通アクセス】

公共機関
JR八鹿駅下車（特急停車）→（約25分）全但バス（鉢伏・村岡方面行）→ 関宮バス停 →（約3分）徒歩

山田風太郎記念館

〒667-1105　兵庫県養父市関宮 605-1
TEL・FAX　079-663-5522
http://www.hureai-net.tv/kazetarou/

有本倶子（ありもと・ともこ）

1944年、兵庫県養父郡関宮町（現養父市関宮）生まれ。同志社大学文学部卒。

歌人・作家。

ケースワーカー、教師として勤めたのち、著作活動に入る。歌集、評伝、エッセイなど、著書多数。

代表作に、歌集「雪ものがたり」評伝「つひに北を指す針――前田純孝の世界」ノンフィクション「但馬のかんちゃん」「いじめられっ子ばんざい」など。

00年、地元有志と、「山田風太郎の会」を結成し、「山田風太郎記念館」建設運動に奔走する。03年「山田風太郎記念館」建設となる。

現在、但馬各地の八つの短歌教室の講師を務めながら、「山田風太郎記念館」の運営、風太郎顕彰活動に携わっている。

風太郎関連の著書
「もうひとりの山田風太郎」砂子屋書房刊
新訂「もう一人の山田風太郎」出版芸術社刊
編　集「橘傳來記」　出版芸術社刊
「山田風太郎疾風迅雷書簡集」神戸新聞総合出版センター刊
「人間風眼帖」神戸新聞総合出版センター刊
などがある。

山田風太郎（やまだ・ふうたろう）

一九二二年、兵庫県生まれ。東京医科大卒。47年、「宝石」の第1回懸賞小説に「達磨峠の事件」が入選。以後、卓抜な発想の作品を次々と発表し、49年、「眼中の悪魔」「虚像淫楽」の2作で探偵作家クラブ賞を受賞。連作「妖異金瓶梅」を経て、「十三角関係」「誰にも出来る殺人」「棺の中の悦楽」「太陽黒点」などを発表。58年の「甲賀忍法帖」を最初とする忍法帖シリーズでは、奔放な空想力と緻密な構成力が見事に融合し、爆発的なブームを呼んだ。「明治断頭台」「警視庁草紙」などの明治物、「室町お伽草紙」などの室町物も発表。初期作品集には「橘傳來記」（出版芸術社）があり、同署には初出短篇12作が収録されている。97年に菊池寛賞、00年、第4回日本ミステリー文学大賞を受賞。01年7月28日逝去。

山田風太郎新発見作品集

発行日　平成二十五年八月三十日　第一刷発行

著　者　山田風太郎

編　者　有本倶子

発行者　原田　裕

発行所　株式会社　出版芸術社

東京都文京区音羽一—十七—十四ＹＫビル

郵便番号一一二—〇〇一三

電　話　〇三—三九四七—六〇七七

ＦＡＸ　〇三—三九四七—六〇七八

http://www.spng.jp

振　替　〇〇一七〇—四—五四六九一七

印刷所　近代美術株式会社

製本所　株式会社若林製本工場

落丁本・乱丁本は、送料小社負担にてお取替えいたします。

© 山田啓子　二〇一三　Printed in Japan

ISBN　978-4-88293-450-9　C0093

山田風太郎コレクション　全3巻

天狗岬殺人事件

四六判上製一七〇〇円＋税

奇抜なトリック冴える表題作や「二つの密室」などの本格推理から、現代の若者が江戸時代にタイムスリップしてしまう「江戸にいる私」や「こりゃ変羅」などのナンセンス奇想小説まで、バラエティ豊かな未刊行の傑作17篇を一挙収録！

忍法創世記

四六判上製一七〇〇円＋税

時は室町後期の南北朝時代——隣接しながら敵対関係だった柳生と服部は奇妙な形で和合しようとしていた。両家は前代未聞の交合合戦により婿入り・嫁入りを決めることにするが……。忍法・剣法誕生の由来を描く、忍法帖最後の大長篇！

十三の階段

四六判上製一九〇〇円＋税

山田風太郎が参加した幻の連作小説6篇を、江戸川乱歩、角田喜久雄、高木彬光、島田一男…など、超豪華執筆陣が腕をふるって書き継いだ連作を含め、完全収録。山田風太郎の手による明智小五郎や神津恭介が楽しめる！　ファン待望の夢の饗宴！

●名探偵・荊木歓喜の事件簿！

帰去来殺人事件

四六判上製　一五五三円＋税

チンプン館の酔いどれ医者荊木歓喜のもとに、次々と持ち込まれる怪事件！　奇想天外なトリックを駆使して描く本格ミステリの大傑作、ついに登場！

悪霊の群

山田風太郎
高木　彬光

四六判上製　一六〇〇円＋税

推理小説界を代表する両巨匠が、わが国初の本格的探偵小説に挑戦！　名探偵神津恭介と奇人荊木歓喜が競演する幻の長篇、三十年ぶりに刊行。

●山田風太郎初期作品集

ふしぎ文学館

怪談部屋

四六判軽装　一四五六円＋税

悲喜劇「陰茎人」、放射能雨の恐怖を描く「二十世紀ノア」など、15篇の怪談を収めた初期傑作集！ファン待望の単行本未収録作品2篇を含む。

橘傳來記《でんらい》

四六判上製　二〇〇〇円＋税

「達磨峠の事件」でデビューする以前に書いた全小説13編を完全収録。風太郎の原点であり、すでに非凡な才能を感じさせる貴重な初期作品集！

もう一人の山田風太郎

有本倶子

四六判上製　一八〇〇円＋税

多彩な作風でいくつもの顔をみせた異色の文豪・山田風太郎。「山田風太郎記念館」の創設者でもある著者が浮き彫りにする風太郎の故郷・家族・先祖。

乱歩・正史・風太郎

高木彬光

四六判軽装　二五〇〇円＋税

本格派の巨人・高木彬光の作家人生に転機を与えた三巨匠、江戸川乱歩、横溝正史、山田風太郎。在りし日の推理小説界も垣間見える交友録！

風さん、高木さんの痛快ヨーロッパ紀行

四六判軽装　一五〇〇円＋税

巨匠二人が敢行した抱腹絶倒の珍道中。高木彬光の旅行記再刊に加え、山田風太郎の秘密の旅日記を公開。直筆イラスト、写真など資料多数！